LE MASQUE
Collection de romans d'aventures
créée par
ALBERT PIGASSE

LES QUATRE

Agatha Christie

LES QUATRE

Traduction nouvelle de Gérard de Chergé

Librairie des Champs-Élysées

Ce roman a paru sous le titre original :

THE BIG FOUR

1

L'HÔTE IMPRÉVU

Je connais des gens qui adorent traverser la Manche, des gens capables, à l'arrivée, de rester dans leur transat en attendant que le bateau ait jeté l'ancre, puis de rassembler leurs bagages sans panique avant de débarquer. Moi, je suis à tout jamais privé de cette belle impassibilité. Sitôt à bord, je me mets à tourner en rond, trouvant le temps trop court pour entreprendre quoi que ce soit. Je déplace sans arrêt mes valises et, si je descends prendre un repas au restaurant, je mange à toute allure, angoissé à l'idée que le bateau puisse accoster avant que je n'aie regagné le pont. Peut-être ces réflexes sont-ils tout bonnement hérités de la guerre, de ces brèves permissions où il semblait si important de s'assurer une place près de la passerelle pour être parmi les premiers à sauter sur le quai, sous peine de gaspiller quelques précieuses minutes d'une permission de trois ou cinq jours.

En cette matinée de juillet, tandis que, appuyé au bastingage, je regardais monter de l'horizon les blanches falaises de Douvres, je m'étonnais de voir les passagers, impassibles, rester dans leurs transats sans même accorder un coup d'œil à leur terre natale. Bah ! peut-être leur cas était-il différent du mien. Un grand nombre d'entre eux étaient sans doute simplement allés à Paris pour le week-end ; moi, je venais de passer un an et demi dans un ranch, en Argentine. Ma femme et moi avions bien réussi là-bas. Nous avions apprécié la vie libre et facile du continent sud-américain, mais je n'en eus pas moins une boule dans la gorge en contemplant la côte familière qui, lentement, se rapprochait.

Débarqué l'avant-veille en France, où j'avais réglé quelques affaires importantes, j'étais à présent en route pour Londres. Je comptais y rester plusieurs mois, le temps de reprendre contact avec de vieux amis. Plus particulièrement avec l'un d'entre eux, un petit homme au crâne ovoïde et aux yeux verts : Hercule Poirot ! Je me proposais de le surprendre chez lui. Dans ma dernière lettre d'Argentine, je ne lui avais pas parlé de ce voyage — qui s'était décidé dans la précipitation, à la suite de certaines complications professionnelles — et je passais de savoureux moments à imaginer sa joie et sa stupéfaction quand il me verrait arriver.

J'étais quasiment certain de le trouver à son domicile. L'époque était révolue où ses enquêtes le menaient aux quatre coins de l'Angleterre. Maintenant qu'il était célèbre, il n'acceptait plus de se consacrer exclusivement à une affaire. Il se considérait désormais comme un « détective consultant », un spécialiste au même titre qu'un médecin de Harley Street. Il avait toujours trouvé ridicule l'image en vogue du limier qui s'affuble de déguisements invraisemblables pour dépister les criminels et qui examine chaque empreinte de pas pour la mesurer.

— Non, Hastings, mon bon ami, disait-il — dans cette langue inimitable qu'il voulait faire passer pour de l'anglais, mais que je me garderais bien de reproduire ici fidèlement —, nous laissons cela à Giraud et à ses pairs. Hercule Poirot, lui, a sa technique personnelle : ordre, méthode, et « les petites cellules grises ». Confortablement carrés dans nos fauteuils, nous voyons des détails qui échappent à ces fameux policiers, et nous ne sautons pas à la conclusion comme ce brave inspecteur Japp.

Non, je ne risquais guère de me casser le nez à la porte d'Hercule Poirot. Sitôt arrivé à Londres, je déposai mes bagages à l'hôtel et filai tout droit à l'adresse bien connue. Que de souvenirs s'éveillèrent en moi ! Prenant à peine le temps de saluer mon ancienne logeuse, je grimpai l'escalier quatre à quatre et frappai à la porte de Poirot.

— Oui ? cria de l'intérieur une voix familière.

J'entrai d'un pas décidé. Poirot était là, debout face à moi. Il tenait dans les bras une petite valise qu'il laissa choir à ma vue.

— Hastings, mon bon ami ! s'exclama-t-il. Hastings, mon bon ami !

Il s'élança vers moi et m'étreignit avec fougue. La conversation qui s'ensuivit fut incohérente, illogique — un véritable embrouillamini d'exclamations, de questions pressantes, de réponses interrompues, de messages à transmettre de la part de ma femme, d'explications relatives à mon voyage...

— Mon ancien appartement est-il occupé ? lui demandai-je quand nous fûmes un peu calmés.

Poirot changea d'expression :

— Mon Dieu ! Quel malheur ! Regardez autour de vous, mon bon ami.

Cest alors seulement que je remarquai le désordre de la pièce. Contre le mur, une énorme malle d'un modèle préhistorique. À côté, plusieurs valises soigneusement rangées par ordre de taille, de la plus grande à la plus petite. La conclusion s'imposait :

— Vous partez ?

— Oui.

— Et où allez-vous ?
— En Amérique du Sud.
— *Quoi* ?
— Oui, c'est burlesque, n'est-ce pas ? C'est à Rio que je vais et, tous les jours, je me disais : pas un mot à ce bon Hastings dans mes lettres... ah ! la surprise qu'il aura en me voyant arriver !
— Mais quand partez-vous ?
Poirot consulta sa montre.
— Dans une heure d'ici.
— Je vous croyais résolument allergique aux longs voyages en bateau ?
Poirot ferma les yeux et réprima un frisson.
— Ne m'en parlez pas, mon bon ami. Mon médecin m'assure que ce n'est pas mortel, alors... Et puis, c'est seulement pour une fois ; soyez sûr que jamais — au grand jamais ! — je ne recommencerai.
Il me poussa dans un fauteuil.
— Tenez, reprit-il, je vais vous expliquer comment cela s'est produit. Savez-vous qui est l'homme le plus riche du monde ? Plus riche que Rockefeller ? Abe Ryland.
— Le Roi du Savon américain ?
— Exactement. Un de ses secrétaires m'a appelé. Il y a un énorme sac d'embrouilles — comme vous diriez — dans une grosse société de Rio. Il souhaitait que j'enquête sur place. J'ai refusé. Je lui ai dit qu'il me suffisait d'un exposé des faits pour lui donner mon avis d'expert. Mais à l'en croire, c'était impossible. Je ne devais être au courant des faits qu'à mon arrivée là-bas. Dicter sa conduite à Hercule Poirot ! Quelle impudence ! Mais il proposait une somme si prodigieuse que, pour la première fois de ma vie, je me suis laissé tenter par l'appât du gain. C'était l'opulence... la fortune ! Et il y avait une seconde raison : *vous*, mon bon ami. Car, depuis un an et demi, je suis un vieil

homme bien solitaire. Je me suis dit : « Pourquoi pas ? Tu commences à être fatigué de résoudre sans arrêt des problèmes stupides. Tu as atteint une notoriété suffisante. Prends cet argent et va t'installer quelque part, près de ton vieil ami. »

Je fus profondément touché de cette marque d'estime.

— J'ai donc accepté, poursuivit-il, et je dois sauter d'ici une heure dans le train qui me conduit au bateau. Voilà bien une de ces petites ironies de la vie, n'est-ce pas ? Mais je vous avoue, Hastings, que si la somme offerte n'avait pas été aussi rondelette, j'aurais sans doute hésité... car j'ai entrepris dernièrement une petite enquête pour mon propre compte. Dites-moi, qu'entend-on par l'expression « les Quatre Grands » ou, plus communément, « les Quatre » ?

— Je suppose que son origine remonte à la Conférence de Versailles. Il y a aussi les célèbres « Quatre Grands » du monde cinématographique, mais cette appellation s'applique également à quantité de personnages de moindre importance.

— Je comprends, dit Poirot d'un air songeur. Voyez-vous, je suis tombé sur cette expression dans des circonstances très précises, qui ne cadrent pas avec ces diverses explications. Apparemment, elle concernerait plutôt un gang international de criminels ou je ne sais quoi de cet acabit. Mais...

Comme il hésitait, je m'enquis :

— Mais quoi ?

— Mais, je pressens que l'affaire est d'une envergure hors du commun. C'est une petite idée à moi, rien de plus, et... Bon sang ! je dois boucler mes bagages. L'heure tourne.

— Restez, le suppliai-je. Annulez votre voyage et vous partirez par le même bateau que moi.

Poirot se redressa fièrement et me regarda d'un air de reproche :

— Ah, mais ne comprenez-vous pas ? J'ai donné ma parole... la parole d'Hercule Poirot. Rien ne peut plus me retenir, sauf question de vie ou de mort.

— Il est peu probable que cela se produise, murmurai-je tristement. À moins que, à la onzième heure, « la porte ne s'ouvre sur l'hôte inattendu ».

J'avais cité le vieux dicton avec un petit rire. Soudain, dans le silence qui suivit, un bruit provenant de la pièce voisine nous fit tressaillir.

— Qui est là ? m'écriai-je.

— Ma foi, rétorqua Poirot, on dirait que votre « hôte inattendu » est dans ma chambre.

— Comment serait-il entré ? La seule porte communique avec cette pièce.

— Votre mémoire est excellente, Hastings. Passons aux déductions.

— La fenêtre ! Mais alors... ce serait un cambrioleur ? Il a dû avoir un mal de chien à grimper. Selon moi, c'est quasiment impossible.

Je me dirigeais à grands pas vers la porte, mais je m'arrêtai net en entendant quelqu'un tourner la poignée de l'autre côté.

Le panneau pivota lentement et un homme apparut dans l'encadrement. Couvert de poussière et crotté de la tête aux pieds, il avait un visage fin et émacié. Il nous dévisagea un moment, le regard fixe, puis vacilla et s'effondra. Poirot s'accroupit auprès de lui :

— Cognac, vite !

En toute hâte, je versai de l'alcool dans un verre et le lui apportai. Poirot parvint à lui faire avaler une ou deux gorgées, après quoi nous le transportâmes sur le divan. Au bout de quelques minutes, l'homme ouvrit les yeux et promena autour de lui un regard presque vide.

— Qu'est-ce que vous voulez, monsieur ? demanda Poirot.

L'homme remua les lèvres et articula d'une voix bizarre, mécanique :

— Mr Hercule Poirot, 14, Farraway Street.

— Oui, oui, c'est moi.

Comme s'il n'avait pas compris, l'inconnu répéta, exactement sur le même ton :

— Mr Hercule Poirot, 14, Farraway Street.

À tout hasard, Poirot lui posa plusieurs questions. Tantôt l'homme ne disait rien, tantôt il répétait la même phrase. D'un geste, Poirot m'indiqua le téléphone.

— Appelez le Dr Ridgeway.

Par chance, le médecin était chez lui ; et comme il habitait au coin de la rue, il ne lui fallut que quelques minutes pour arriver en trombe.

— Qu'est-ce que c'est que cette histoire ?

Poirot lui résuma la situation et le médecin entreprit d'examiner notre étrange visiteur, qui ne sembla pas remarquer davantage sa présence que la nôtre.

— Hum ! fit le Dr Ridgeway lorsqu'il en eut terminé. Curieux cas.

— Fièvre cérébrale ? suggérai-je.

Le médecin émit un grognement dédaigneux.

— Fièvre cérébrale, fièvre cérébrale ! Ça n'existe pas, la fièvre cérébrale ! Pure invention de romancier... Non, cet homme a subi un choc. Il est venu ici avec une idée fixe — trouver Mr Hercule Poirot, 14, Farraway Street — et il répète ces mots machinalement, sans savoir le moins du monde ce qu'ils signifient.

— Aphasie ? hasardai-je, nullement découragé.

Cette suggestion provoqua un nouveau grognement, un peu moins bruyant cependant que le premier. Au lieu de me répondre, le médecin tendit à l'homme une feuille de papier et un crayon.

— Voyons ce qu'il va en faire, dit-il.

Sur le moment, l'inconnu ne réagit pas ; puis, brusquement, il se mit à écrire avec frénésie. Tout aussi soudainement il s'interrompit et laissa tomber par terre crayon et papier. Le Dr Ridgeway les ramassa et secoua la tête.

— Rien de concluant. Seulement le chiffre « 4 » griffonné une douzaine de fois, en caractères de plus en plus gros. Sans doute a-t-il voulu écrire « 14, Farraway Street ». C'est un cas intéressant, très intéressant. Pourriez-vous le garder ici jusqu'à cet après-midi ? Je dois partir pour l'hôpital, mais je reviendrai m'occuper de lui tout à l'heure. C'est un cas trop intéressant à suivre pour risquer de le perdre de vue.

J'expliquai au médecin que Poirot partait en voyage et que je comptais accompagner mon ami à Southampton.

— Ça ne fait rien, dit-il, vous n'avez qu'à le laisser ici. Il ne risque pas de faire de bêtises : dans l'état d'épuisement complet où il se trouve, il dormira sans doute huit heures d'affilée. Je vais demander à votre excellente logeuse, Mrs Bille-de-Clown, de le surveiller un peu.

Sur quoi, le Dr Ridgeway s'éclipsa avec sa célérité coutumière. Poirot, quant à lui, termina ses bagages en épiant la pendule du coin de l'œil.

— Le temps passe avec une rapidité incroyable. Eh bien, Hastings ! Cette fois-ci, vous ne pouvez pas vous plaindre que je vous laisse sans occupation ! Voilà un problème sensationnel : l'homme surgi du néant... Qui est-ce ? Ah ! sapristi, je donnerais bien deux années de ma vie pour que ce paquebot parte demain au lieu d'aujourd'hui. Quelle curieuse affaire ! Diablement intéressant ! Mais il nous faudra du temps... du *temps*. Sans doute devrons-nous patienter des jours — peut-être même des mois — avant qu'il puisse nous raconter son histoire.

— Je ferai de mon mieux, Poirot, lui assurai-je. Je tâcherai d'être un remplaçant efficace.

— ... Oui.

La réponse n'était pas dépourvue d'un certain scepticisme. Je ramassai la feuille de papier et tapotai de l'index les chiffres crayonnés.

— Si j'écrivais un livre, dis-je d'un ton léger, j'introduirais cet élément dans le récit de votre dernière aventure et je l'intitulerais *Le Mystère des Quatre.*

À cet instant, je tressaillis : notre invalide, brusquement arraché à son hébétude, s'était dressé sur son siège. À haute et intelligible voix, il articula :

— Li Chang Yen.

On eût dit un homme réveillé en sursaut. Poirot me fit signe de ne pas ouvrir la bouche. L'inconnu continua d'une voix claire, haut perchée ; à l'écouter parler, j'eus le sentiment qu'il récitait un extrait d'un rapport ou d'une conférence :

— Li Chang Yen peut être considéré comme le cerveau des Quatre Grands. Il en est la force motrice, le maître. C'est pourquoi je l'appelle le Numéro Un. Le Numéro Deux est rarement désigné par son nom. Il est représenté par un S barré d'un double trait vertical — le symbole du dollar — ou encore par deux bandes horizontales et une étoile. On peut donc en conclure que c'est un citoyen américain et qu'il incarne la puissance financière. Le Numéro Trois est, sans aucun doute, une femme, de nationalité française. Peut-être est-elle l'une de ces courtisanes du demi-monde, mais on ne sait rien de précis sur elle. Le Numéro Quatre...

Comme sa voix faiblissait, Poirot se pencha en avant pour l'encourager :

— Oui ? Le Numéro Quatre ?

Il ne quittait pas des yeux le visage de l'homme. Une

terreur indicible parut envahir la pièce ; les traits de l'inconnu étaient déformés, convulsés.

— Le « Destructeur », hoqueta-t-il.

Puis, dans un ultime soubresaut, il retomba en arrière, évanoui.

— Mon Dieu ! murmura Poirot. J'avais donc raison. J'avais raison.

— Vous pensez que... ?

Il m'interrompit :

— Portez-le sur le lit de ma chambre. Je n'ai pas à perdre une minute si je veux attraper mon train. Je n'ai pourtant pas envie de le prendre, non. Oh ! si je pouvais le rater, la conscience tranquille ! Mais j'ai donné ma parole. Venez, Hastings !

Laissant notre mystérieux visiteur entre les mains de Mrs Pearson, nous partîmes en voiture et attrapâmes le train d'extrême justesse. Durant le trajet, Poirot se montra alternativement silencieux et bavard. Assis dans son coin, il regardait par la vitre comme un homme perdu dans un rêve et n'entendait apparemment pas un mot de ce que je lui disais. Puis, s'animant soudain, il m'abreuvait d'injonctions et de recommandations, et insistait sur la nécessité de maintenir un contact télégraphique.

Passé Woking, nous restâmes un long moment sans échanger un mot. Normalement, le train était direct jusqu'à Southampton mais, en l'occurrence, le hasard voulut qu'il fût arrêté par un signal.

— Ah, sacré mille tonnerres ! s'écria soudain Poirot. Quel imbécile je suis ! J'y vois clair, enfin ! Ce sont les saints du paradis qui ont stoppé ce train. Sautez, Hastings. Sautez, vous dis-je !

En une seconde, il avait ouvert la portière du compartiment et sauté sur la voie.

— Jetez les valises et sautez vous aussi.

Je m'exécutai. Juste à temps : le train repartit à

l'instant même où j'atterrissais à côté de mon compagnon.

— Et maintenant, Poirot, dis-je avec une pointe d'exaspération, allez-vous m'expliquer ce qui se passe ?

— Il se passe, mon ami, que j'ai vu la lumière.

— Voilà qui m'éclaire grandement.

— Cela devrait, dit Poirot, mais je crains, oui, je crains fort — que ce ne soit pas le cas. Si vous pouvez porter deux de ces valises, je me charge du reste.

2

L'HOMME DE L'ASILE

Par bonheur, le train s'était arrêté non loin d'une gare. Après une courte marche, nous parvînmes à un garage où l'on nous fournit une voiture et, une demi-heure plus tard, nous retournions vers Londres à toute allure. C'est alors — et alors seulement — que Poirot daigna satisfaire ma curiosité.

— Vous ne voyez pas ? Moi non plus, sur le moment, je n'ai pas compris. Mais maintenant, j'y vois clair, moi ! *On voulait m'éloigner*, Hastings.

— Quoi ?

— Oui. Très astucieusement. L'endroit et la méthode ont été choisis avec un grand discernement. Ils me redoutent.

— Qui ça, « ils » ?

— Les quatre génies du crime qui se sont ligués : un Chinois, un Américain, une Française... et un autre. Priez Dieu que nous arrivions à temps, Hastings.

— Vous pensez que notre visiteur est en danger ?

— J'en suis sûr.

À notre arrivée Mrs Pearson nous accueillit avec des exclamations de surprise. Il nous fallut l'interrompre : y avait-il eu du nouveau en notre absence ? Sa réponse fut rassurante : aucune visite, et notre hôte n'avait pas bougé.

Avec un soupir de soulagement, nous montâmes à l'appartement. Poirot traversa le salon, entra dans la chambre et, d'une voix étrangement altérée, annonça :

— Il est mort, Hastings.

Je le rejoignis précipitamment. L'homme était étendu sur le lit, tel que nous l'avions laissé, mais il était mort — et son décès remontait à un bon moment déjà. Sachant que Ridgeway ne serait pas encore rentré, je courus chercher un autre médecin. J'eus tôt fait d'en dénicher un et de le ramener.

— Il est bel et bien mort, le pauvre bougre. C'est un vagabond que vous aviez recueilli, non ?

— Si on veut, répondit évasivement Poirot. Quelle est la cause du décès, docteur ?

— Difficile à dire. Une sorte d'attaque, peut-être. Il présente des symptômes d'asphyxie. Vous n'avez pas le gaz, ici ?

— Non, seulement l'électricité.

— Les deux fenêtres sont grandes ouvertes, en plus. Selon moi, il est mort depuis deux heures environ. Je vous laisse le soin d'avertir les personnes concernées, n'est-ce pas ?

Il s'en alla et Poirot donna les coups de téléphone nécessaires. Finalement, à ma grande surprise, il appela notre vieil ami l'inspecteur Japp pour lui demander de venir.

À peine avait-il raccroché que Mrs Pearson apparut, les yeux ronds comme des soucoupes.

— Il y a en bas un monsieur envoyé par Hanwell...

l'asile d'aliénés. Rien que ça ! Dois-je le faire monter ?

Nous acquiesçâmes, et elle introduisit un grand gaillard vêtu d'un uniforme.

— 'jour, messieurs, dit-il d'un ton enjoué. J'ai des raisons de croire qu'un de mes zigotos est chez vous. Il s'est échappé pas plus tard que cette nuit.

— Il *était* ici, répondit posément Poirot.

— Ne me dites pas qu'il a encore filé ! s'exclama le gardien avec une pointe d'inquiétude dans la voix.

— Il est mort.

L'homme parut plus soulagé qu'autre chose.

— Pas possible ! Remarquez, ça vaut sans doute mieux pour tout le monde.

— Était-il... dangereux ?

— Un fou homicide, vous voulez dire ? Oh ! non. Plutôt du genre inoffensif. Paranoïa aiguë. Il voyait des sociétés secrètes chinoises partout ; c'est pour ça qu'on l'a bouclé. Tous les mêmes !

Je frissonnai.

— Depuis combien de temps était-il enfermé ? demanda Poirot.

— Deux ans, en gros.

— Je vois. Et personne n'a jamais songé qu'il était peut-être... sain d'esprit ?

Le gardien se permit de rire :

— Qu'est-ce qu'il aurait fait au cabanon, alors ? Ils se prétendent toujours sains d'esprit, vous savez.

Sans rien ajouter, Poirot fit entrer l'homme dans la pièce voisine. Le gardien identifia le mort sur-le-champ :

— C'est lui, pas de doute, dit-il sans s'émouvoir. Drôle de zigue, hein ? Bon, messieurs, il va falloir que je vous laisse pour prendre les dispositions nécessaires. Vous n'aurez pas à supporter bien longtemps la présence du cadavre. Si jamais il y a enquête, il vous faudra probablement témoigner. Bonne journée, messieurs.

L'homme inclina le buste d'une manière assez fruste et sortit en traînant les pieds.

Japp, l'inspecteur de Scotland Yard, arriva quelques minutes plus tard et se montra, comme toujours, sémillant et désinvolte.

— Me voici, Mr Poirot. Que puis-je pour vous ? Je croyais que vous deviez partir aujourd'hui pour je ne sais quelle île corallienne ?

— Mon brave Japp, je voudrais savoir si vous avez déjà vu cet homme.

Il conduisit Japp dans la chambre. Perplexe, l'inspecteur contempla fixement le corps allongé sur le lit.

— Attendez voir... sa tête me dit quelque chose... En plus, je me flatte d'avoir une excellente mémoire... Mais oui, ma parole, c'est Mayerling ! Il n'appartenait pas à la police mais aux services secrets. Il était parti pour la Russie il y a cinq ans. Aucune nouvelle depuis. J'étais persuadé que les Rouges l'avaient liquidé.

Lorsque Japp eut pris congé, Poirot déclara :

— Tout concorde, sauf que l'homme semble avoir succombé à une mort naturelle.

Le front soucieux, il resta là à regarder la forme immobile. Un courant d'air gonfla les rideaux, ce qui attira aussitôt son attention.

— C'est sans doute vous qui avez ouvert les fenêtres quand vous l'avez déposé sur le lit, Hastings ?

— Non, répondis-je. Pour autant que je me souvienne, elles étaient fermées.

Poirot leva subitement la tête.

— Fermées... et maintenant, elles sont ouvertes. Comment se fait-il ?

— Quelqu'un est peut-être entré par là, suggérai-je.

— Possible, convint Poirot, mais sans conviction, d'un air absent.

Puis, au bout d'une minute ou deux :

— Ce n'était pas exactement ma pensée, Hastings. Si une seule fenêtre était ouverte, je ne serais pas intrigué à ce point. Ce qui me paraît curieux, c'est qu'elles le soient toutes les deux.

Il se précipita dans l'autre pièce :

— Celle du salon est également ouverte. Nous l'avions pourtant fermée... Ah !

Se penchant sur le mort, il examina attentivement les commissures des lèvres. Brusquement, il se redressa.

— Il a été bâillonné, Hastings. Bâillonné et empoisonné.

— Bonté divine ! m'exclamai-je, stupéfait. L'autopsie nous en apprendra sans doute davantage.

— Elle ne nous apprendra rien du tout. On l'a tué en lui faisant respirer de l'acide prussique. Une forte dose, juste sous son nez. Puis l'assassin est reparti après avoir ouvert toutes les fenêtres. L'acide cyanhydrique est extrêmement volatil, mais il a une forte odeur d'amande amère. Sans trace de cette odeur pour les guider, les médecins n'auraient rien soupçonné de louche et auraient conclu à une mort naturelle... Ainsi donc, Hastings, cet homme appartenait aux services secrets. Et, voici cinq ans, il a disparu en Russie.

— Il a passé les deux dernières années à l'asile, dis-je. Mais les trois précédentes ?

Poirot secoua la tête et me saisit par le bras.

— La pendule, Hastings, voyez la pendule.

Je suivis son regard. La pendule de la cheminée était arrêtée sur 4 heures.

— On y a touché, mon ami. Elle aurait dû encore marcher pendant trois jours. Je la remonte tous les huit jours, comprenez-vous ?

— Mais pourquoi aurait-on fait cela ? Pour nous

lancer sur une fausse piste en faisant croire que le crime a eu lieu à 4 heures ?

— Non, non. Organisez vos idées, mon bon ami. Exercez vos petites cellules grises. Vous êtes Mayerling. Vous entendez un bruit... et vous savez trop bien que votre destin est scellé. Vous avez juste le temps de laisser un signe. *Quatre* heures, Hastings. Le Numéro Quatre, le « Destructeur ». Ah ! une idée !

Se ruant dans la pièce voisine, il s'empara du téléphone et demanda Hanwell.

— Vous êtes bien l'asile, oui ? Il paraît que vous avez eu une évasion aujourd'hui ? Vous dites ? Un instant, s'il vous plaît. Voulez-vous répéter cela ? Ah ! parfaitement.

Il raccrocha et se tourna vers moi.

— Vous avez entendu, Hastings ? *Il n'y a pas eu d'évasion.*

— Mais alors... cet homme qui est venu ? Le gardien ?

— Je me demande... Oui, je me demande...

— Vous ne voulez pas dire que... ?

— Si. Le Numéro Quatre... Le « Destructeur ».

Sidéré, je regardai Poirot. Il me fallut une bonne minute pour retrouver ma voix :

— En tout cas, nous le reconnaîtrons n'importe où. Il avait un physique très caractéristique.

— Vraiment, mon ami ? Je ne pense pas. C'était un homme costaud, aux manières directes et au teint rougeaud, et il avait une grosse moustache et une voix rauque... Quand nous le reverrons, il n'aura plus rien de tout cela. Pour le reste, il a des yeux ordinaires, des oreilles ordinaires et une rangée de fausses dents impeccables. Identifier quelqu'un, ce n'est pas si facile que vous semblez le croire. La prochaine fois...

— Vous pensez donc qu'il y aura une prochaine fois ? l'interrompis-je.

Le visage de Poirot se fit très grave.

— C'est un duel à la mort, mon ami. Vous et moi d'un côté, les Quatre de l'autre. Ils ont gagné la première partie, mais ils ont échoué dans leur plan pour m'éloigner. Désormais, ils auront affaire à Hercule Poirot !

3

OÙ NOUS EN APPRENONS DAVANTAGE SUR LI CHANG YEN

Les deux jours qui suivirent la visite du faux gardien de l'asile, je refusai de quitter l'appartement un seul instant, espérant plus ou moins que notre homme reviendrait. À ma connaissance, il n'avait aucune raison de se douter que nous avions percé à jour son déguisement ; je considérai donc comme vraisemblable qu'il revienne chercher le corps. Mais mon raisonnement fit ricaner Poirot.

— Mon ami, dit-il, si c'est votre désir, restez là à attendre de mettre du sel sur la queue du petit oiseau. Moi, je ne perds pas mon temps ainsi.

— Mais alors, Poirot, selon vous, pourquoi est-il venu ? Ce risque ne se justifiait que s'il comptait repasser chercher le corps par la suite : cela lui aurait au moins permis de faire disparaître les pièces à conviction. À l'heure qu'il est, sa visite ne l'a avancé à rien.

Poirot eut un haussement d'épaules qui n'avait rien de britannique.

— Mais vous ne voyez pas la chose avec les yeux du Numéro Quatre, Hastings, dit-il. Vous parlez de pièces à conviction, mais quelles pièces à conviction avons-nous contre lui ? Nous avons un cadavre, certes, mais aucune preuve que le mort a été assassiné : l'acide prussique, quand il est inhalé, ne laisse pas de traces. D'autre part, pouvons-nous trouver une seule personne qui ait vu quelqu'un entrer dans l'appartement durant notre absence ? Non ! Avons-nous appris quoi que ce soit sur les activités de feu notre ami Mayerling ?... Non, Hastings, le Numéro Quatre n'a laissé aucune trace, et il le sait. Sa visite était une sorte de « reconnaissance ». Peut-être voulait-il s'assurer que Mayerling était bien mort ; je pense plutôt, pour ma part, qu'il est venu voir Hercule Poirot, bavarder avec le seul adversaire qui soit redoutable pour lui.

Le raisonnement de Poirot me parut d'un narcissisme typique, mais je renonçai à discuter.

— Que ferez-vous à l'enquête ? demandai-je. Je suppose que vous expliquerez carrément ce qui s'est passé et que vous donnerez à la police un signalement détaillé du Numéro Quatre.

— À quoi bon ? Avons-nous de quoi impressionner un jury composé de solides Britanniques bon teint ? Notre signalement du Numéro Quatre a-t-elle une valeur quelconque ? Non, nous les laisserons conclure à une « mort accidentelle » ; ainsi, peut-être — mais je n'ai pas grand espoir —, notre astucieux meurtrier se félicitera-t-il d'avoir abusé Hercule Poirot dès le premier round.

Mon ami avait raison, comme d'habitude. Nous ne revîmes pas l'homme de l'asile ; quant à l'enquête, à laquelle je témoignai — Poirot, lui, n'y assista même pas —, elle laissa le public indifférent.

En prévision de son voyage en Amérique du Sud, Poirot avait réglé ses affaires avant mon arrivée ; il n'avait donc aucune enquête en cours à ce moment-là et passait la majeure partie de son temps à l'appartement. Je ne pus néanmoins lui arracher trois mots : il restait enfoui dans un fauteuil et décourageait toutes mes tentatives de conversation.

Et puis, un matin, environ huit jours après le meurtre, il me dit qu'il avait une visite à faire et me demanda si je désirais l'accompagner. J'en fus heureux, car j'avais le sentiment qu'il commettait une erreur en voulant se débrouiller tout seul — et puis je souhaitais discuter de l'affaire avec lui. Mais il ne se montra guère loquace. Même lorsque je lui demandai où nous allions, il ne voulut pas me répondre.

Poirot adore les cachotteries ; il attendra toujours le tout dernier moment pour lâcher un renseignement. En l'occurrence, c'est seulement lorsque nous fûmes arrivés dans l'une des banlieues les plus déprimantes du sud de Londres — après avoir pris successivement un autobus et deux trains — qu'il consentit enfin à s'expliquer.

— Hastings, nous allons voir l'Anglais qui connaît le mieux la vie clandestine en Chine.

— Tiens, tiens ! Qui est-ce ?

— Son nom ne vous dira rien : Mr John Ingles. En fait, c'est un fonctionnaire à la retraite, pas un grand esprit ! Il habite une maison remplie de bibelots chinois — passion que ses amis et ses relations jugent fort ennuyeuse. Néanmoins, des personnes dignes de confiance m'assurent que ce John Ingles est le seul homme capable de me fournir les informations que je cherche.

Quelques instants plus tard, nous gravissions le perron de la villa de Mr Ingles, baptisée « Les Lauriers ». Pour ma part, je ne vis pas le moindre buisson de laurier ; j'en déduisis que le nom avait été choisi en fonction de ces règles obscures qui président au choix des appellations dans les banlieues des grandes villes.

Un domestique chinois au visage impassible nous ouvrit la porte et nous conduisit auprès de son maître. Mr Ingles était un homme trapu, au teint quelque peu jaunâtre et aux yeux étrangement songeurs, profondément enfoncés dans leurs orbites. Posant sur une table la lettre qu'il était en train de lire — lettre à laquelle il devait faire allusion après nous avoir serré la main — il se leva pour nous accueillir.

— Asseyez-vous, je vous en prie. Hastley me dit que vous désirez un renseignement et que je peux vous être utile ?

— En effet, monsieur. Voici ma question : savez-vous quelque chose sur un nommé Li Chang Yen ?

— Voilà qui est curieux, très curieux. Comment avez-vous entendu parler de lui ?

— Vous le connaissez donc ?

— Je l'ai rencontré une fois. Et je sais sur lui certains détails, mais pas autant que je le voudrais. Je suis surpris que quelqu'un d'autre que moi, en Angleterre, connaisse son nom. C'est un homme exceptionnel dans son genre — un mandarin et tout ce qui s'ensuit —, mais l'essentiel n'est pas là. J'ai de bonnes raisons de supposer que c'est lui qui est derrière tout ça.

— Derrière quoi ?

— Tout : les troubles qui éclatent aux quatre coins du globe, l'agitation sociale qui gangrène toutes les nations, les révolutions qui éclatent dans un certain nombre de pays... Des gens qui savent de quoi ils parlent — et qui ne sont pas du genre alarmiste — affirment qu'il y a dans les coulisses une force dont le but est la désintégration de la civilisation, rien de moins. En Russie, par exemple, bien des signes tendent à prouver que Lénine et Trotski n'étaient que des pantins dont les actes étaient dictés par un autre cerveau. Je n'ai pas de preuve formelle à vous fournir, mais je suis convaincu que ce cerveau, c'était Li Chang Yen.

— Allons, protestai-je, n'est-ce pas un peu tiré par les cheveux ? Comment un Chinois pourrait-il faire la loi en Russie ?

Poirot me regarda avec un froncement de sourcils irrité.

— Pour vous, Hastings, tout est invraisemblable quand cela ne sort pas de votre imagination. Moi, je suis d'accord avec ce gentleman. Mais poursuivez, monsieur, je vous en prie.

— Je ne prétends pas savoir exactement ce que Li Chang Yen espère gagner dans tout cela, reprit Mr Ingles, mais je suppose qu'il souffre de ce mal qui a rongé les grands cerveaux, d'Alexandre à Napoléon en passant par Akbar : le goût immodéré du pouvoir et de la domination personnelle. Jusqu'à notre époque moderne, la force armée était nécessaire à toute conquête, mais, en ce siècle troublé, un homme comme Li Chang Yen a d'autres moyens à sa disposition. J'ai la preuve qu'il dispose de ressources financières illimitées pour se livrer à la corruption et à la propagande, et certains indices donnent à penser qu'il détient des connaissances scientifiques sur de nouvelles forces d'une puissance telle que le monde ne peut l'imaginer.

Poirot suivait les paroles de Mr Ingles avec la plus grande attention.

— Et en Chine ? demanda-t-il. Il agit aussi là-bas ?

L'autre acquiesça avec vigueur :

— Je ne peux fournir aucune preuve valable devant un tribunal mais, pour ce qui est de la Chine, je parle en connaissance de cause. J'ai fréquenté personnellement tous ceux qui, aujourd'hui, tiennent les leviers en Chine, et je puis vous l'affirmer : les hommes les plus en vue sont des individus qui ont peu de caractère, voire pas du tout. Ce sont des marionnettes qui dansent au bout de leurs fils, actionnées par une main experte. Et cette main, c'est celle de Li Chang Yen. Aujourd'hui, c'est lui le cerveau qui contrôle tout l'Orient. Ici, nous ne comprenons pas l'Orient, et jamais nous ne le comprendrons ; mais Li Chang Yen en est l'âme. Non pas qu'il apparaisse sous les feux de la rampe, bien au contraire ! Il ne quitte jamais son palais de Pékin. Mais il tire les ficelles — c'est cela : il tire les ficelles — et commande les événements à distance, aux quatre coins du globe.

— Et il n'y a personne pour s'opposer à lui ? demanda Poirot.

Mr Ingles se pencha en avant et répondit d'une voix lente :

— Quatre hommes ont essayé ces quatre dernières années. Des hommes courageux, honnêtes et intelligents. À terme, ils auraient sans doute réussi à contrecarrer les plans de Li Chang Yen.

Comme il ne poursuivait pas, je l'encourageai :

— Et alors ?

— Et alors, il sont morts tous les quatre. Le premier a écrit un article sur les émeutes de Pékin, mettant en cause Li Chang Yen : deux jours plus tard, il était poignardé dans la rue. On n'a jamais retrouvé le meurtrier. Les deux suivants ont commis des offenses du même ordre : lors d'une conférence ou d'une conversation, ou dans un article, ils ont laissé entendre que Li Chang Yen était à l'origine de troubles politiques et de révolutions ; moins d'une semaine après leurs indiscrétions, ils étaient morts tous les deux. L'un, d'empoisonnement ; l'autre du choléra — un cas isolé, sans rapport avec une épidémie. Enfin, le dernier a été retrouvé mort dans son lit. On n'a jamais pu établir la cause du décès, mais un médecin qui avait vu le cadavre m'a dit que celui-ci était brûlé et recroquevillé comme s'il avait reçu une décharge électrique d'une puissance incroyable.

— Et Li Chang Yen ? s'enquit Poirot. Naturellement, on ne peut pas remonter jusqu'à lui, mais il y a bien des signes, pas vrai ?

Mr Ingles haussa les épaules.

— Oh ! des signes... Oui, assurément. J'ai rencontré naguère un jeune Chinois, un brillant chimiste, protégé de Li Chang Yen. Il est venu me trouver un jour au bord de la dépression nerveuse. À mots couverts, il m'a parlé de certaines expériences auxquelles il avait participé dans le palais de Li Chang Yen, sous la direction du mandarin : des expériences révoltantes pratiquées sur des coolies, dans le plus profond mépris de la dignité humaine et de la souffrance qu'on infligeait. Le jeune homme avait craqué ; en proie à une terreur sans nom, il se trouvait dans un état lamentable. Je décidai de le mettre au lit dans l'une de mes chambres du dernier étage, et d'attendre le lendemain pour le questionner — ce qui était stupide de ma part.

— Comment l'ont-ils retrouvé ? demanda Poirot.

— Ça, je ne le saurai jamais. Cette nuit-là, je fus réveillé par les flammes et j'eus la chance de m'en sortir sain et sauf. L'enquête établit qu'un incendie d'une violence inouïe s'était déclaré au dernier étage de la maison ; il ne restait de mon jeune ami chimiste qu'un tas de cendres.

À voir la passion qu'il mettait dans son récit, il était clair que Mr Ingles avait enfourché là son dada. Il dut d'ailleurs s'apercevoir lui-même qu'il s'était laissé emporter, car il émit un petit rire d'excuse.

— Naturellement, conclut-il, je n'ai aucune preuve de ce que j'avance, et vous allez me dire, comme tous les autres, que j'en fais une idée fixe.

— Au contraire, déclara posément Poirot, nous

avons tout lieu de croire votre histoire. Nous aussi, nous nous intéressons à Li Chang Yen.

— Curieux que vous connaissiez son nom. Je pensais être le seul, en Angleterre, à en avoir entendu parler. Je voudrais bien savoir comment vous avez eu vent de son existence, si ce n'est pas indiscret.

— Pas le moins du monde. Récemment, un homme est venu chercher refuge chez moi. Il souffrait d'un choc grave; néanmoins il est parvenu à en dire suffisamment pour nous intéresser à ce Li Chang Yen. Il a décrit quatre personnes, les Quatre, une organisation ignorée jusqu'alors. Le Numéro Un est Li Chang Yen, le Numéro Deux un Américain inconnu, le Numéro Trois une Française également inconnue, et le Numéro Quatre peut être considéré comme l'exécuteur de l'organisation — le « Destructeur ». L'homme est mort sans donner plus d'explications. Dites-moi, monsieur, cette expression — « les Quatre Grands » ou mieux « les Quatre » — vous est-elle familière?

— Pas si vous l'associez à Li Chang Yen. Non, vraiment pas. En revanche, je l'ai entendue — lue, plutôt — tout dernièrement, dans un contexte insolite... Attendez un instant.

Il se leva et se dirigea vers un semainier en marqueterie — un meuble ravissant, d'après ce que je pus en voir. Il revint, une enveloppe à la main.

— Voilà. C'est une lettre d'un vieux loup de mer rencontré jadis à Shangaï. Un vieux flibustier chenu, qui m'a l'air aujourd'hui confit dans l'alcool. Selon moi, ce message est un tissu de divagations éthyliques.

Il lut à haute voix:

Cher monsieur,

Vous ne vous souvenez sans doute pas de moi, mais vous m'avez rendu un fier service autrefois, à Shangaï.

Je viens vous en demander un autre. Il me faut de l'argent pour quitter le pays. Je suis bien caché ici, je l'espère, mais ils risquent de me trouver d'un jour à l'autre... Je veux parler des Quatre Grands, les fameux Quatre. C'est une question de vie ou de mort. J'ai plein d'argent à la banque, mais je n'ose pas m'en servir, de peur de leur mettre la puce à l'oreille. Envoyez-moi deux cents livres en liquide, je vous les rembourserai loyalement. Je vous en donne ma parole.

Votre serviteur,
Jonathan Whalley

— Le cachet de la poste indique: « Granite Bungalow, Hoppaton. Dartmoor. » J'avoue avoir considéré cela comme une tentative grossière de me soutirer deux cents livres, somme importante pour moi. Si cette lettre peut vous servir...

Il tendit l'enveloppe à Poirot.

— Je vous remercie, cher monsieur. Je pars pour Hoppaton sur-le-champ.

— Sapristi, voilà qui est très intéressant ! Verriez-vous une objection à ce que je vous accompagne ?

— Je serais charmé d'avoir votre compagnie, mais nous devons partir sans délai si nous voulons arriver à Dartmoor avant la tombée de la nuit.

John Ingles ne nous retarda pas plus de deux minutes, et nous nous retrouvâmes bientôt dans le train qui partait de Paddington à destination de l'ouest du pays. Hoppaton est un petit village niché au creux d'un vallon, juste à la lisière de la lande, à quinze kilomètres en voiture de Moretonhampstead. Nous parvînmes à destination vers 8 heures du soir mais, comme nous étions en juillet, il faisait encore grand jour.

Nous nous engageâmes dans l'étroite rue du village,

où nous demandâmes notre chemin à un vieux paysan.

— Granite Bungalow, répéta-t-il d'un air songeur. C'est bien Granite Bungalow que vous cherchez ? Hé ?

Après confirmation, le vieil homme nous indiqua un cottage grisâtre, au bout de la rue.

— Le v'là, vot'Bungalow. C'est-y l'inspecteur que vous voulez voir ?

— Quel inspecteur ? s'enquit aussitôt Poirot. Que voulez-vous dire ?

— Z'êtes donc pas au courant du meurtre ? Sale histoire, pour sûr. Du sang par flaques, à ce qu'y paraît.

— Mon Dieu ! murmura Poirot. Où est-il, votre inspecteur ? Je dois le voir tout de suite.

Cinq minutes plus tard, nous discutions en privé avec l'inspecteur Meadows. Un peu froid de prime abord, il abandonna toute réticence en entendant le nom magique de l'inspecteur Japp.

— Oui, monsieur, on l'a assassiné ce matin. Sale affaire. Les gens d'ici ont téléphoné à Moreton, et je suis arrivé dare-dare. Une histoire mystérieuse, à première vue. Le vieux Whalley — il avait soixante-dix ans et aimait bien la bouteille, à ce qu'on dit — le vieux, donc, gisait par terre dans le salon, une ecchymose à la tête et la gorge tranchée d'une oreille à l'autre. Du sang partout, comme vous pensez bien. La cuisinière, Betsy Andrews, nous a dit que son maître possédait plusieurs statuettes chinoises en jade qui, d'après lui, avaient une grande valeur. Or, elles ont disparu. Ça avait donc tout l'air d'un crime crapuleux ; mais cette explication soulevait toutes sortes de problèmes. La victime avait deux personnes à son service : Betsy Andrews, une vieille paysanne de Hoppaton, et Robert Grant, une sorte d'homme à tout faire. Grant est allé chercher le lait à la ferme, comme tous les jours, tandis que Betsy bavardait dehors avec une voisine. Elle ne s'est absentée que vingt minutes — entre 10 heures et la demie — et c'est à ce moment-là que le crime a dû être commis. Grant est rentré le premier. Il est passé par la porte de service, qui était ouverte — ici, personne ne ferme les portes à clef dans la journée — et, après avoir mis le lait dans l'office, il est allé dans sa chambre lire le journal en fumant une cigarette. À l'en croire, il ne se doutait absolument pas de ce qui s'était passé. Lorsque Betsy est revenue à son tour, elle est entrée dans le salon et, en voyant le massacre, a poussé un hurlement à réveiller les morts. Jusque-là, tout est clair. Quelqu'un s'est introduit en l'absence des deux domestiques et a réglé son compte au malheureux vieillard. Mais ce qui m'a frappé tout de suite, c'est que l'assassin devait avoir un sacré culot : il lui fallait en effet soit emprunter carrément la rue du village soit traverser en tapinois le jardin d'un voisin. Comme vous pouvez le constater, Granite Bungalow est entouré de maisons. Comment se faisait-il que personne n'ait vu notre homme ?

L'inspecteur marqua une pause théâtrale.

— Hon, hon ! je vois où vous voulez en venir, dit Poirot. Et ensuite ?

— Ma foi, monsieur, je me suis dit : louche, tout ça. Louche. Alors j'ai commencé à y regarder de plus près. Ces statuettes de jade, par exemple... Un vagabond ordinaire se serait-il douté de leur valeur ? Sans compter que c'était de la folie de tenter un coup pareil en plein jour : si jamais Whalley avait ameuté les voisins ?

— Je suppose, inspecteur, intervint Mr Ingles, que l'ecchymose à la tête est antérieure à la mort ?

— Exact, monsieur. Le meurtrier a d'abord estourbi le vieillard, puis il lui a tranché la gorge. Ça, c'est clair. Mais comment diable a-t-il pu arriver et repartir ? Les étrangers sont vite repérés dans un petit patelin comme celui-ci. Et puis, tout d'un coup, j'ai compris : *personne n'est venu.* J'ai bien exploré les lieux. Comme il a plu la nuit dernière, j'ai repéré des traces de pas assez nettes qui entraient dans la cuisine et qui en sortaient. Dans le salon — comme celles de Betsy Andrews s'arrêtaient à la porte — il n'y avait que deux séries d'empreintes : celles de Mr Whalley — il portait des pantoufles — et celles d'un autre homme qui avait marché dans le sang. Je les ai suivies à la trace, ces bon sang d'empreintes... euh..., je vous demande pardon.

— Pas de quoi, dit Mr Ingles avec un fin sourire. C'est le cas de le dire !

— Donc, les traces allaient jusqu'à la cuisine, mais pas plus loin. Premier point. D'autre part, j'ai relevé sur la porte de la chambre de Robert Grant une petite tache... une traînée de sang. Deuxième point. Enfin, troisième point : j'ai pris les chaussures de Grant — qu'il avait enlevées — pour les comparer avec les empreintes. Elles concordaient. La question était réglée ; ce n'était pas un intrus qui avait fait le coup. J'ai donc arrêté Grant, et que croyez-vous que j'aie découvert dans sa valise ? Les statuettes de jade, soigneusement emballées, et un avis de mise en liberté conditionnelle ! Robert Grant n'est autre qu'Abraham Biggs, condamné il y a cinq ans pour escroquerie et vol à main armée.

Triomphant, l'inspecteur conclut :

— Alors, messieurs, qu'en dites-vous ?

— L'affaire paraît claire, dit Poirot. Étonnamment claire, même. Ce Biggs — ou Grant — doit être un homme très stupide et inculte, non ?

— C'est un type fruste et pas bien malin, en effet. Il ignore totalement ce que peuvent révéler des empreintes de pas.

— C'est qu'il ne lit pas de romans policiers ! Eh bien, inspecteur, je vous félicite. Pouvons-nous néanmoins voir le lieu du crime ?

— Je vous y conduis tout de suite. Je voudrais vous montrer ces fameuses empreintes.

— Je voudrais bien les examiner, moi aussi. Oui, oui, très intéressant... très ingénieux.

Nous nous mîmes en route. Mr Ingles et l'inspecteur ouvraient la marche. Je fis signe à Poirot de ralentir un peu afin que nous puissions parler sans être entendus de l'inspecteur.

— Qu'en pensez-vous vraiment, Poirot ? Y a-t-il anguille sous roche ?

— Toute la question est là, mon bon ami. Whalley écrit nettement dans sa lettre que les Quatre sont sur sa piste ; or, nous savons, vous et moi, que les Quatre ne sont pas des croquemitaines pour les enfants. Et pourtant, tout semble indiquer que ce Grant a commis le crime. Mais pour quel motif ? Parce qu'il convoitait les statuettes de jade ? À moins qu'il ne soit un agent des Quatre ? J'avoue que la deuxième hypothèse me paraît plus vraisemblable. Ces figurines de jade ont peut-être beaucoup de valeur, mais un homme comme Grant n'en avait sans doute pas conscience — en tout cas, pas au point de tuer pour se les approprier... Voilà, en tout cas, un détail qui aurait dû frapper l'inspecteur... D'autre part, il aurait pu les voler et s'enfuir avec elles sans commettre pour autant un meurtre brutal. Décidément, notre ami du Devonshire n'a pas utilisé ses petites cellules grises, je le crains. Il a mesuré des empreintes, mais il a omis de réfléchir et d'organiser ses idées avec ordre et méthode.

4

DE L'IMPORTANCE D'UN GIGOT

L'inspecteur tira une clef de sa poche et déverrouilla la porte de Granite Bungalow. Nous ne risquions pas de laisser d'empreintes, car il avait fait beau toute la journée. Nous prîmes néanmoins la précaution de nous essuyer soigneusement les pieds sur le paillasson avant d'entrer.

Une femme émergea des ténèbres et dit quelques mots à l'inspecteur, qui lança par-dessus son épaule :

— Regardez bien partout, Mr Poirot, et voyez ce qu'il y a à voir. Je reviens dans dix minutes. Au fait, tenez : voilà une chaussure appartenant à Grant. Je l'ai apportée pour que vous puissiez comparer les empreintes.

Nous entrâmes dans le salon tandis que les pas de l'inspecteur s'éloignaient dans la rue. Ingles, attiré par des bibelots chinois disposés sur une table, dans un coin, se pencha pour les examiner. Ce que faisait Poirot ne semblait nullement l'intéresser. Moi, au contraire, je l'observais en retenant mon souffle. Le plancher était recouvert d'un linoléum vert foncé, idéal pour faire ressortir les traces de pas. À l'autre bout de la pièce, une porte ouvrait sur la cuisine. Là, il y avait deux autres portes : l'une donnait accès à l'office et à l'entrée de service, l'autre à la chambre qu'avait occupée Robert Grant. Après avoir inspecté le sol, Poirot se lança dans un commentaire détaillé, en monologuant à mi-voix :

— Le corps est étendu ici ; cette grande tache sombre avec des éclaboussures tout autour indique l'emplacement exact. On voit des traces laissées par des pantoufles et d'autres par des chaussures de pointure quarante-deux, mais c'est très confus. Il y a ensuite deux séries d'empreintes qui mènent à la cuisine et en reviennent ; l'assassin — quel qu'il soit — est entré par là. Vous avez la chaussure, Hastings ? Passez-la-moi.

Il compara attentivement la semelle avec les empreintes.

— Oui, dit-il, les deux séries d'empreintes ont été faites par le même homme, Robert Grant. Il est entré par-derrière, a tué le vieillard, puis il est reparti par le même chemin. Il a marché dans le sang ; vous voyez, là, les traces qu'il a laissées en sortant ? Dans la cuisine, on ne peut rien voir : tous les villageois ont piétiné le sol. Grant est allé dans sa chambre... non, il est d'abord retourné sur le lieu du crime... Était-ce pour prendre les statuettes de jade ? Ou alors, avait-il oublié quelque chose qui risquait de l'incriminer ?

— Peut-être a-t-il commis son crime lorsqu'il est revenu dans le salon ? suggérai-je.

— Mais non, vous n'observez pas bien. Par-dessus l'une des empreintes ensanglantées qui sortent de la pièce, il y en a une autre en sens inverse. Je me demande ce qu'il est revenu chercher... A-t-il pensé après coup aux figurines de jade ? Tout cela est ridicule, stupide.

— En tout cas, il s'est mis dans de bien vilains draps.

— N'est-ce pas ? Je vous le dis, Hastings, c'est contraire à la raison. Cela offense mes petites cellules grises. Allons dans sa chambre... Ah ! en effet, voici la traînée de sang sur la porte — et, par terre, à peine visibles, des traces de pas ensanglantées. Robert Grant est le seul à avoir laissé ses empreintes près du cadavre ; Robert Grant est le seul à s'être approché de la maison ... Oui, ce doit être la solution.

— Et la vieille cuisinière ? dis-je subitement. Elle est restée seule pendant que Grant allait chercher le lait. Elle aurait très bien pu tuer le vieil homme à ce moment-là ; ses chaussures n'auraient pas laissé d'empreintes, puisqu'elle n'était pas encore sortie.

— Très bon, Hastings. Je me demandais si vous penseriez à cette hypothèse. Pour ma part, je l'avais déjà envisagée et éliminée. Betsy Andrews est une femme d'ici, bien connue dans le pays ; elle ne peut pas être complice des Quatre. Par ailleurs, le vieux Whalley était un gaillard vigoureux. Ce meurtre est l'œuvre d'un homme, non d'une femme.

— Les Quatre n'auraient pas pu dissimuler dans le plafond un mécanisme diabolique, une sorte de bras extensible conçu pour se replier automatiquement après avoir tranché la gorge du vieillard ?

— Comme l'échelle de Jacob ? Je sais, Hastings, que vous avez une imagination des plus fertiles, mais je vous implore de la contrôler.

Je me tus, confus. Poirot continua de fureter un peu partout, dans les pièces et dans les placards, l'air profondément insatisfait. Soudain, il émit une sorte de jappement d'excitation qui n'était pas sans évoquer l'aboiement d'un loulou de Poméranie. Je le rejoignis au pas de course et le trouvai dans le cellier, figé dans une attitude théâtrale. Il brandissait à bout de bras un gigot !

— Mon cher Poirot ! m'écriai-je. Que vous arrive-t-il ? Seriez-vous devenu fou ?

— Examinez ce gigot, je vous prie. Examinez-le de près !

Je l'examinai d'aussi près que possible, sans rien lui trouver d'anormal. Apparemment, c'était un gigot tout à fait ordinaire. Je fis part de mes conclusions à Poirot, qui me foudroya du regard :

— Mais vous ne voyez donc pas *ça*... et *ça*... et... *ça*... ?

Il soulignait chaque « ça » d'un coup d'index dans

l'inoffensif gigot, d'où se détachèrent des petites particules de glace.

Poirot venait de m'accuser d'avoir trop d'imagination, mais j'eus le sentiment, en cet instant, qu'il n'avait rien à m'envier sur ce chapitre. Prenait-il sérieusement ces miettes de glace pour les cristaux d'un poison mortel ? Je ne voyais aucune autre explication à son extraordinaire agitation.

— C'est de la viande congelée, lui expliquai-je patiemment. Importée de Nouvelle-Zélande.

Il me regarda un moment, stupéfait, puis il éclata d'un rire bizarre.

— Que mon bon ami Hastings est donc merveilleux ! Il sait tout... mais alors, tout ! C'est... comment dit-on ? Une encyclopédie ambulante ! Voilà ce que vous êtes, mon bon ami Hastings.

Il laissa retomber le gigot dans son plat et sortit du cellier.

— Voici notre ami l'inspecteur, dit-il en regardant par la fenêtre. C'est bien, j'ai vu tout ce que je voulais voir.

Il se mit à pianoter sur la table d'un air absent, comme s'il méditait. Tout à coup, il s'enquit :

— Quel jour sommes-nous, mon bon ami ?

— Lundi, répondis-je, passablement étonné. Que... ?

— Ah ! lundi, vraiment ? Mauvais jour. Commettre un meurtre un lundi, voilà bien une erreur.

De retour au salon, il tapota le baromètre accroché au mur et jeta un coup d'œil sur le thermomètre.

— Beau fixe, vingt et un degrés. Journée d'été normale en Angleterre.

Ingles était toujours absorbé dans la contemplation des poteries chinoises.

— Vous ne vous intéressez guère à nos recherches, cher monsieur ? lui dit Poirot.

L'autre esquissa un sourire.

— Ce n'est pas ma partie, vous savez. J'ai quelques compétences, mais pas dans le domaine policier. Je préfère donc rester à l'écart pour ne pas vous gêner. J'ai appris la patience, en Orient.

L'inspecteur entra en coup de vent, et se dit confus de s'être absenté si longtemps. Il insista pour recommencer la visite avec nous, mais nous parvînmes à y échapper et insistâmes pour que tout notre petit monde redescendît la rue du village.

— J'apprécie infiniment vos mille bontés, inspecteur, dit Poirot dans son invraisemblable style tarabiscoté qui fleurait son français à plein nez. J'aurais juste un dernier service à vous demander.

— Vous voulez peut-être voir le corps, Mr Poirot ?

— Seigneur, non ! Il ne m'intéresse pas du tout. Je voudrais voir Robert Grant.

— Dans ce cas, il vous faut revenir avec moi à Moreton.

— Très bien. Mais il faudra que je le voie et que je lui parle seul à seul.

L'inspecteur se caressa la lèvre supérieure d'un air hésitant.

— Ça, monsieur, c'est une autre histoire.

— Je puis vous assurer que si vous téléphonez à Scotland Yard, vous recevrez tous apaisements.

— Je connais, bien sûr, votre réputation, Mr Poirot, et je sais que vous nous avez dépannés de temps à autre. Mais ce que vous me demandez là est parfaitement irrégulier.

— C'est néanmoins nécessaire, répliqua Poirot avec calme. C'est nécessaire pour une bonne raison : Grant n'est pas l'assassin.

— Quoi ? Qui est-ce, alors ?

— Selon moi, le meurtrier est un homme assez

jeune. Il est venu à Granite Bungalow avec une voiture à cheval qu'il a laissée devant la porte. Il est entré dans la maison, a assassiné Whalley, et il est reparti comme il était venu. Il était nu-tête, et il y avait du sang sur ses vêtements.

— Mais... mais tout le village l'aurait vu !

— Pas nécessairement.

— De nuit, je veux bien ; mais le crime a été commis en plein jour !

Poirot se contenta de sourire. L'inspecteur reprit :

— Et qu'est-ce qui vous fait dire qu'il est venu en voiture à cheval? De nombreuses carrioles ont dû passer devant la maison, mais aucune n'a laissé de traces particulièrement visibles.

— Visibles aux yeux du corps, peut-être pas ; mais aux yeux de l'esprit, oui.

L'inspecteur se tapota le front d'un geste significatif et me regarda, l'air hilare. J'avais beau être au comble de la perplexité, je faisais malgré tout confiance à Poirot. La discussion n'alla pas plus loin, car nous retournâmes à Moreton avec l'inspecteur. On nous conduisit à la prison, Poirot et moi, et nous pûmes avoir une entrevue avec Grant — mais en présence d'un agent de police. Poirot alla droit au but :

— Grant, je sais que vous êtes innocent de ce crime. Relatez-moi, à votre manière, ce qui s'est passé au juste.

Le prisonnier était un homme de taille moyenne, au faciès fort peu avenant. Il avait assurément la tête d'un récidiviste.

— Je n'y suis pour rien, je le jure, gémit-il. Quelqu'un a fourré les statuettes en verre dans ma piaule. C'est un coup monté, voilà ce que c'est. Comme je l'ai dit, je suis allé droit dans ma chambre en rentrant. Je ne me suis douté de rien jusqu'au moment où Betsy a hurlé. C'est pas moi qui l'ai tué, je le jure !

— Si vous ne pouvez pas me dire la vérité, c'est inutile d'aller plus loin, dit Poirot en se levant.

— Mais, patron...

— Vous *êtes* entré dans le salon. Vous *saviez* que votre maître était mort. Et vous vous apprêtiez à filer quand la brave Betsy a fait son horrible découverte.

L'homme regarda Poirot, bouche bée, les yeux ronds.

— Allons ! Ne me dites pas que ça ne s'est pas passé comme ça ! Je vous jure solennellement — sur mon honneur — que votre seule chance est de jouer franc-jeu.

— Je cours le risque, dit soudain l'homme. Oui, vous avez vu juste. En arrivant, je me suis rendu tout droit auprès du patron — et je l'ai trouvé par terre, mort, avec du sang partout. J'ai eu une de ces trouilles ! Les flics allaient dégoter mon casier, et ça ne faisait pas un pli qu'ils me colleraient le crime sur le dos. Mon premier réflexe a été de ficher le camp, illico... avant qu'on le découvre...

— Et les statuettes de jade ?

L'homme hésita :

— Eh bien...

— Votre instinct a repris le dessus, pour ainsi dire, et vous les avez emportées ? Vous aviez entendu votre maître affirmer qu'elles avaient de la valeur, n'est-ce pas, et vous avez décidé de ne pas faire les choses à moitié. Ça, je comprends. Maintenant, dites-moi : à quel moment avez-vous pris les figurines ? Quand vous êtes retourné au salon ?

— Je n'y suis pas retourné. Une fois m'avait suffi.

— Vous en êtes sûr ?

— Sûr et certain.

— Bon. À présent, quand êtes-vous sorti de prison ?

— Il y a deux mois.

— Comment aviez-vous obtenu cet emploi ?

— Par une Association d'Aide aux Détenus. À ma libération, un mec m'attendait.

— À quoi ressemblait-il ?

— C'était pas précisément un pasteur, mais il en avait l'air. Il portait un chapeau mou, noir, et il marchait à petits pas maniérés. Il avait une dent cassée sur le devant. Et des lunettes. Saunders, il s'appelait. Il m'a dit comme ça qu'il espérait que j'étais repentant et qu'il me trouverait une bonne place. Je suis allé voir le vieux Whalley sur sa recommandation.

Pour la seconde fois, Poirot se leva.

— Je vous remercie. Je sais tout, à présent. Soyez patient.

Sur le seuil, il s'arrêta pour ajouter :

— Saunders vous a donné une paire de chaussures, n'est-ce pas ?

Grant parut très surpris.

— Oui, en effet. Mais comment le savez-vous ?

— C'est mon métier de savoir les choses, répondit Poirot d'un ton grave.

Après avoir échangé quelques mots avec l'inspecteur, nous allâmes tous les trois — Poirot, Ingles et moi — au *Cerf Blanc*, manger des œufs au bacon arrosés de cidre du Devonshire et bavarder.

— Vous commencez à y voir plus clair ? demanda Ingles avec un sourire.

— Oui, l'affaire prend tournure ; mais j'aurai beaucoup de difficultés à trouver des preuves. Whalley a été tué sur l'ordre des Quatre, mais pas par Robert Grant. Un homme très habile lui a procuré cette place pour lui faire porter le chapeau par la suite, ce qui était facile avec le casier judiciaire qu'il avait. Il lui a donné une paire de chaussures, rigoureusement identique à une autre paire en sa possession. Tout cela était si simple... Profitant d'un moment où Grant est absent et où Betsy papote au village — elle y passe probablement ses journées —, notre homme arrive, enfile la fameuse paire de chaussures, entre par la cuisine, pénètre dans le salon, assomme le vieux d'un coup sur la tête et lui tranche la gorge. Il retourne ensuite à la cuisine, change de souliers et, emportant les autres chaussures, il remonte dans sa carriole et puis s'en va.

Ingles soutint le regard de Poirot.

— Il reste une faille dans votre théorie. Comment se fait-il que personne ne l'ait vu ?

— Ah ! C'est là, j'en suis persuadé, qu'intervient toute l'habileté du Numéro Quatre. Tout le monde l'a vu... mais personne ne l'a remarqué. Voyez-vous, il conduisait une voiture de boucher.

Je laissai échapper une exclamation :

— Le gigot ?

— Exactement, Hastings. Le gigot. Tout le monde jure que personne n'est venu à Granite Bungalow ce matin, et pourtant j'ai trouvé dans le cellier un gigot encore congelé. Puisque nous sommes lundi, la viande a dû être livrée ce matin ; si on l'avait livrée samedi, par ce temps chaud, elle ne serait pas restée congelée plus tard que le dimanche. Quelqu'un est donc effectivement venu au bungalow, un homme qui pouvait avoir des taches de sang sur son tablier sans pour autant attirer l'attention.

— Sacrément ingénieux ! s'écria Ingles, approbateur.

— Oui. Il est malin, le Numéro Quatre.

— Aussi malin qu'Hercule Poirot ? murmurai-je.

L'air très digne, mon ami me lança un regard chargé de reproche.

— Il y a certaines plaisanteries que vous ne devriez pas vous permettre, Hastings, dit-il d'un ton sentencieux. N'ai-je pas sauvé un innocent de la potence ? J'estime en avoir assez fait pour ma journée.

5

DISPARITION D'UN SAVANT

Pour ma part, je ne pense pas que même l'acquittement de Robert Grant — alias Biggs — par le jury ait suffi pour convaincre pleinement l'inspecteur Meadows de son innocence. Pour ce policier à l'esprit concret, les présomptions qu'il avait accumulées contre Grant — le casier judiciaire de l'accusé, les statuettes volées, les chaussures qui correspondaient exactement aux empreintes — formaient un édifice trop solide pour être aisément ébranlé. Mais Poirot, obligé — bien contre son gré — de déposer au procès, emporta l'adhésion du jury. Deux témoins affirmèrent avoir vu une carriole de boucher s'arrêter devant la maison ce fameux lundi matin, et le boucher local déclara sous serment qu'il ne passait au cottage que le mercredi et le vendredi.

On trouva même une femme qui, interrogée à la barre, se rappela avoir vu le boucher sortir de Granite Bungalow ; mais elle ne put en donner aucun signalement utile. La seule impression qui lui en restait était celle d'un homme rasé de près, de taille moyenne, qui avait tout à fait l'air d'un boucher. En entendant cette description, Poirot haussa les épaules et soupira avec philosophie. Après le procès, il me dit :

— Vous pouvez me croire, Hastings. C'est un artiste, celui-là. Il ne se déguise pas avec des fausses barbes et des lunettes noires. Il modifie les traits de son visage, oui ; mais ce n'est pas le plus important. Pendant qu'il joue son rôle, il *est* véritablement celui qu'il incarne. Il se met dans la peau du personnage.

Je fus certes obligé d'admettre que l'homme de Hanwell qui s'était présenté chez Poirot correspondait exactement à l'idée que je me faisais d'un gardien d'asile. Je ne me serais jamais douté qu'il s'agissait d'un imposteur.

Tout cela était un peu décourageant, d'autant que notre aventure à Dartmoor ne nous avait avancés en rien. Je fis part de cette réflexion à Poirot, mais il ne partagea pas mon opinion.

— Nous progressons, dit-il, nous progressons. Chaque fois que nous avons affaire à cet homme, nous en apprenons un peu plus sur sa mentalité, sur ses méthodes. En revanche, il ne sait rien de nous et de nos plans.

— Sur ce point, Poirot, je suis dans le même bateau que lui ! protestai-je. Vous ne me semblez pas avoir de plans, vous restez là à attendre qu'il attaque.

— Mon bon ami, vous ne changerez jamais, dit Poirot en souriant. Toujours le même, Hastings ! Prêt à sauter à la gorge de l'ennemi.

Comme on frappait à la porte, il ajouta :

— Voilà votre chance. C'est peut-être notre ami qui arrive.

Il éclata de rire devant mon désappointement quand je vis l'inspecteur Japp entrer dans la pièce accompagné d'un autre homme.

— Bonsoir, môssieu Poirot, dit l'inspecteur. Permettez-moi de vous présenter le capitaine Kent, des services secrets américains.

Grand et élancé, le capitaine Kent avait un visage singulièrement impassible, comme sculpté dans du bois.

— Enchanté, messieurs, murmura-t-il en nous serrant la main avec énergie.

Poirot jeta dans le feu une nouvelle bûche et approcha deux fauteuils de l'âtre. J'apportai des verres, du whisky et de l'eau gazeuse. Le capitaine but une longue gorgée qui manifestement le combla d'aise.

— La prohibition n'a pas encore débarqué dans votre pays, fit-il observer.

— Venons-en à notre affaire, dit Japp. Môssieu Poirot, ici présent, s'intéresse à une organisation connue sous le nom des « Quatre », et il m'a demandé de l'avertir si jamais j'en entendais parler dans l'exercice de mes fonctions. À vrai dire, je n'ai pas attaché grande importance à cette requête, mais quand le capitaine est venu me trouver avec une histoire plutôt bizarre, je m'en suis souvenu et j'ai dit aussitôt : « Allons voir Mr Poirot. »

Poirot se tourna vers le capitaine Kent, et l'Américain prit le relais :

— Vous vous rappelez peut-être avoir lu dans les journaux, Mr Poirot, qu'un grand nombre de torpilleurs et de destroyers avaient coulé au large des côtes américaines après avoir heurté des récifs de plein fouet. Cela s'est produit juste après le tremblement de terre qui a secoué le Japon, et on a attribué ce désastre naval à un raz de marée. Or, voici peu, en effectuant une descente chez divers escrocs et tueurs à gages, on a mis la main sur des documents qui éclairent cette affaire d'un jour entièrement nouveau. Ces papiers font état d'une organisation baptisée « les Quatre » et donnent une description incomplète d'une puissante installation radio capable, par une concentration d'énergie encore jamais atteinte jusqu'à présent, de focaliser un rayon d'une énorme intensité sur un point donné. Bien que l'on prête à cette invention des pouvoirs manifestement absurdes, j'ai soumis à tout hasard les documents au quartier général, et l'une de nos têtes pensantes s'est penchée sur la question. Par ailleurs, nous avons appris que l'un de vos savants anglais avait fait récemment une communication sur ce sujet devant l'Académie britannique. Ses collègues ont jugé cette invention sans intérêt, invraisemblable et farfelue, mais votre savant n'a pas démordu de sa théorie et s'est déclaré sur le point d'aboutir dans ses recherches.

— Et alors ? demanda Poirot, intéressé.

— On m'a suggéré de venir en Angleterre pour avoir un entretien avec ce monsieur — un homme très jeune, nommé Halliday. C'est la personnalité la plus compétente sur le sujet, et j'avais pour mission de lui demander si les hypothèses émises dans les documents étaient un tant soit peu fondées.

— Quelle a été sa réponse ? demandai-je.

— C'est justement ce que j'ignore. Je n'ai pas vu Mr Halliday... et je ne suis pas près de le voir, semble-t-il.

— Le fait est que Halliday a disparu, intervint Japp d'un ton bref.

— Quand ?

— Il y a deux mois.

— A-t-on signalé sa disparition ?

— Oui, bien sûr. Sa femme est venue nous trouver, dans tous ses états. Nous avons fait l'impossible, mais je savais depuis le début que ça ne servirait à rien.

— Pourquoi donc ?

— On n'arrive jamais à rien quand un homme disparaît dans ces conditions-là..., dit Japp en clignant de l'œil.

— Dans quelles conditions ?

— À Paris.

— Halliday a donc disparu à Paris ?

— Oui. Il y était allé — à l'en croire — pour un congrès scientifique. Remarquez, il ne pouvait pas faire autrement que d'invoquer un prétexte de ce genre. Mais vous savez bien ce que signifie la disparition d'un homme dans cette ville. Il y a deux hypothèses possibles : soit c'est l'œuvre d'un apache, et la question est réglée ; soit c'est une disparition volontaire — et je peux vous dire que c'est le cas de beaucoup le plus répandu. « Le Gai Paris » et tout ce qui s'ensuit. Un homme lassé de la vie conjugale... Halliday avait eu une prise de bec avec sa femme avant son départ, ce qui rend l'affaire claire comme de l'eau de roche.

— Je me le demande, dit Poirot d'un air pensif.

L'Américain l'observait avec curiosité.

— Au fait, dit-il d'une voix traînante, qu'est-ce que c'est que ces Quatre Grands... ou ces Quatre tout court ?

— C'est une organisation internationale dirigée par un Chinois. Lui, on l'appelle le Numéro Un. Le Numéro Deux est un Américain. Le Numéro Trois est une Française. Le Numéro Quatre, le « Destructeur », est un Anglais.

L'Américain émit un petit sifflement.

— Une Française, hein ? Et Halliday a disparu en France... Curieuse coïncidence. Comment s'appelle-t-elle ?

— Je l'ignore. Je ne sais rien d'elle.

— Ce n'est pas une mince affaire, si je comprends bien ?

Poirot acquiesça, tout en alignant soigneusement les verres sur le plateau. Son amour de l'ordre n'avait pas faibli.

— Qu'est-ce qu'ils cherchaient, en coulant ces navires ? demanda Kent. Ces Quatre Grands seraient-ils manipulés par les Allemands ?

— Les Quatre agissent pour leur propre compte et pour personne d'autre, capitaine. Leur objectif est de dominer le monde.

L'Américain éclata de rire, mais s'interrompit net en voyant le visage grave du détective.

— Vous riez, monsieur, lui dit Poirot en le menaçant du doigt. Vous ne réfléchissez pas, vous n'utilisez pas les petites cellules grises de votre cerveau. Qui sont ces hommes qui vouent à la destruction une partie de votre flotte, uniquement pour tester leur puissance ? Car c'était tout bonnement cela, monsieur : un test de cette nouvelle force d'attraction magnétique qu'ils possèdent.

— À d'autres ! dit Japp avec jovialité. Des génies du mal, j'en ai rencontré plus d'une fois dans mes lectures, mais jamais dans la réalité. Bon, vous avez entendu l'histoire du capitaine Kent. Puis-je faire autre chose pour vous ?

— Oui, mon bon ami. Vous pouvez me donner l'adresse de Mrs Halliday — et vous seriez bien aimable d'y joindre un mot d'introduction.

C'est ainsi que, le lendemain, nous nous rendîmes à Chetwynd Lodge, près du village de Chobham, dans le Surrey.

Mrs Halliday nous reçut aussitôt. C'était une grande femme blonde, aux gestes vifs et nerveux. Sa fillette, une délicieuse enfant de cinq ans, était auprès d'elle.

Poirot lui exposa le but de notre visite.

— Oh ! monsieur Poirot, vous ne pouvez pas savoir comme je vous suis reconnaissante ! J'ai beaucoup entendu parler de vous. Je suis sûre que vous ne serez pas comme ces policiers de Scotland Yard qui n'écoutent pas les gens et refusent de les comprendre. Remarquez, la police française ne vaut guère mieux ; je la trouve même pire. Ils sont tous persuadés que mon mari est parti avec une autre femme. Mais ce n'était pas son genre ! La seule chose qui comptait pour lui dans la vie, c'était son travail. D'ailleurs, la plupart du temps, c'était à ce sujet-là que nous nous disputions. Il attachait plus d'importance à son travail qu'à sa famille.

— Les Anglais sont ainsi, dit Poirot d'un ton apaisant. Quand ce n'est pas le travail, c'est le jeu ou le sport — toutes choses qu'ils prennent fort au sérieux. À présent, madame, racontez-moi en détail, et avec méthode, les circonstances exactes de la disparition de votre mari.

— Il est parti pour Paris le jeudi 20 juillet. Il devait aller voir, dans le cadre de ses recherches, diverses personnalités scientifiques, parmi lesquelles Mme Olivier.

D'un signe de tête, Poirot indiqua qu'il connaissait la célèbre chimiste française dont les brillants travaux avaient même éclipsé ceux de Mme Curie. Elle avait été décorée par le gouvernement français et comptait parmi les personnalités les plus en vue du moment.

— Dès son arrivée à Paris, dans la soirée, il est descendu à l'hôtel *Castiglione*, dans la rue du même nom. Le lendemain matin, il est allé voir le Pr Bourgoneau, avec qui il avait rendez-vous. Il s'est comporté de façon normale et courtoise. Après une conversation très intéressante, les deux hommes ont décidé que mon mari reviendrait le lendemain pour assister à des expériences dans le laboratoire du professeur. Il a déjeuné seul au *Café Royal*, a fait une promenade au Bois de Boulogne, puis s'est rendu chez Mme Olivier, dans sa maison de Passy. Là encore, il a eu une attitude parfaitement normale. Il est parti vers 6 heures. On ignore où il a dîné ; sans doute au restaurant, seul. De retour à son hôtel, vers 11 heures, il est monté directement dans sa chambre après avoir demandé s'il y avait du courrier pour lui. Le lendemain matin, il est sorti... et on ne l'a plus revu depuis.

— À quelle heure a-t-il quitté l'hôtel ? À l'heure où il aurait dû normalement partir pour son rendez-vous avec le Pr Bourgoneau ?

— Nous l'ignorons. Personne ne l'a vu sortir. Mais on ne lui a pas servi son petit déjeuner, ce qui semble indiquer qu'il est parti de bonne heure.

— À moins qu'il ne soit ressorti la veille au soir, après son retour ?

— Je ne le pense pas. Son lit était défait, et si quelqu'un était sorti si tard, le portier de nuit s'en serait souvenu.

— Très juste observation, madame. Nous pouvons donc considérer qu'il est parti tôt le lendemain matin, ce qui est rassurant d'un certain point de vue. Il est peu probable qu'un voyou l'ait agressé à cette heure-là. Et ses bagages ? Étaient-ils tous restés à l'hôtel ?

Mrs Halliday hésita. À contrecœur, elle finit par répondre :

— Non... Apparemment, il avait emporté une petite valise avec lui.

— Hum ! fit Poirot d'un air songeur, je me demande où il est allé dîner ce soir-là, en sortant de chez Mme Olivier. Si nous savions cela, nous saurions beaucoup de choses. Avec qui avait-il rendez-vous ? Le mystère est là. Madame, je ne partage pas systématiquement, moi non plus, les vues de la police ; avec eux, c'est toujours : « Cherchez la femme. » Il est clair néanmoins que, ce soir-là, quelque chose a modifié les projets de votre mari. Vous dites que, en rentrant à l'hôtel, il a demandé s'il avait du courrier. En avait-il ?

— Une seule lettre. Sans doute celle que je lui avais écrite le jour de son départ d'Angleterre.

Poirot resta abîmé dans ses réflexions pendant une bonne minute, puis il se leva vivement.

— Madame, la solution du mystère est à Paris ; pour la trouver, je vais entreprendre le voyage en personne et sur-le-champ.

— Deux mois ont passé, monsieur...

— Oui, je sais bien. Cependant, c'est là-bas que nous devons chercher.

Il tourna les talons mais s'arrêta sur le seuil, la main sur la poignée de la porte.

— Dites-moi, madame, avez-vous entendu votre mari prononcer devant vous l'expression « les Quatre Grands » ou bien « les Quatre » ?

— Les Quatre Grands..., répéta-t-elle, pensive. Non, pas que je me souvienne.

6

LA FEMME DANS L'ESCALIER

Ce fut tout ce que put nous dire Mrs Halliday. Nous regagnâmes Londres sans perdre de temps et, dès le lendemain, nous partîmes pour le Continent. Avec un sourire un peu jaune, Poirot fit observer :

— Ces Quatre Grands, ils me font galoper, mon ami. Je cours à droite, à gauche, dans tous les sens, comme notre vieil ami « le Limier humain ».

— Peut-être le verrez-vous à Paris, lui dis-je, sachant qu'il faisait allusion au dénommé Giraud, l'un des policiers les plus cotés de la Sûreté, qu'il avait rencontré lors d'une précédente affaire.

Poirot fit la grimace.

— J'espère que non, et de tout cœur. En voilà un qui ne m'aimait pas, celui-là.

— Ne pensez-vous pas que notre tâche va être très difficile ? Reconstituer la soirée d'un Anglais anonyme, à Paris, il y a deux mois...

— Très difficile, mon bon ami. Mais comme vous le savez, les difficultés réjouissent le cœur d'Hercule Poirot.

— Vous pensez que les Quatre l'ont kidnappé ?

Poirot acquiesça.

Inévitablement, nos recherches recoupèrent celles

faites précédemment ; au total, nous ne découvrîmes pas grand-chose que nous ne sachions déjà par Mrs Halliday. Lors d'un interminable entretien avec le Pr Bourgoneau, Poirot essaya de déterminer si Halliday lui avait parlé de ses projets pour la fameuse soirée, mais il fit chou blanc.

Notre seconde source de renseignements était la célèbre Mme Olivier. Ce fut dans un prodigieux état d'exaltation que je gravis les marches du perron de sa villa de Passy. J'avais toujours trouvé extraordinaire qu'une femme pût se tailler une telle renommée dans le monde scientifique. J'aurais cru que ce genre de travaux requérait une intelligence spécifiquement masculine.

Un jeune homme de dix-sept ou dix-huit ans nous ouvrit la porte ; il me fit aussitôt l'effet d'un disciple, tant ses manières étaient empreintes de solennité. Poirot avait pris la précaution d'annoncer notre visite à Mme Olivier, car celle-ci, absorbée dans ses recherches la plus grande partie de la journée, recevait uniquement sur rendez-vous.

On nous introduisit dans un petit salon où la maîtresse de maison ne tarda pas à nous rejoindre. Mme Olivier était une très grande femme, dont la haute taille était encore accentuée par une longue blouse blanche et la coiffe — genre cornette de religieuse — qui lui enveloppait la tête. Elle avait un visage long, pâle, et de magnifiques yeux sombres qui brûlaient d'une lueur presque fanatique. Elle évoquait davantage une prêtresse des temps anciens qu'une Française d'aujourd'hui. Une cicatrice défigurait l'une de ses joues ; je me souvins que son mari et son collaborateur avaient été tués dans l'explosion de son laboratoire, trois ans plus tôt, et qu'elle avait été elle-même affreusement brûlée. Depuis cette tragédie, elle vivait retirée du monde et se consacrait avec une énergie farouche à la recherche scientifique. Elle nous réserva un accueil courtois mais froid :

— J'ai été interrogée par la police bien des fois, messieurs. Je n'ai pas été en mesure de les aider, et je ne vois pas comment je pourrais vous éclairer davantage.

— Je ne vous poserai peut-être pas les mêmes questions qu'eux, madame. Tout d'abord, de quoi avez-vous bavardé, Mr Halliday et vous ?

Elle parut un brin surprise.

— Mais... de son travail ! Et aussi du mien.

— Vous a-t-il fait part des théories qu'il avait exposées récemment devant l'Académie britannique ?

— Bien entendu. Ce fut notre principal sujet de conversation.

— Ses idées sont un peu invraisemblables, n'est-ce pas ? dit Poirot d'un air dégagé.

— D'aucuns l'ont pensé. Je ne partage pas cet avis.

— Vous considérez qu'elles sont réalisables ?

— Tout à fait. J'ai personnellement effectué des recherches du même ordre, dans un but différent il est vrai. J'ai étudié les rayons gamma émis par une substance généralement connue sous le nom de Radium C, un dérivé du radium, et j'ai pu ainsi constater des phénomènes magnétiques très intéressants. Bien sûr, j'ai ma théorie en ce qui concerne la véritable nature de cette force que nous appelons le magnétisme, mais le moment n'est pas encore venu de rendre publiques mes découvertes. J'ai trouvé passionnantes les expériences et les théories de Mr Halliday.

Poirot acquiesça. Puis il posa une question qui me surprit :

— Où s'est tenue la conversation, madame ? Ici même ?

— Non, monsieur. Dans le laboratoire.

— Pourrais-je le voir ?

— Certainement.

Nous suivîmes Mme Olivier vers la porte par laquelle elle était entrée. Après avoir longé un petit couloir, nous franchîmes deux autres portes pour nous retrouver finalement dans le vaste laboratoire, au beau milieu de tout un assortiment de cornues, de creusets et d'appareils divers — une centaine — dont j'ignorais jusqu'au nom. Il y avait là deux préparateurs plongés dans une expérience. Mme Olivier nous les présenta :

— Mlle Claude, l'une de mes assistantes.

Une grande jeune fille au visage sérieux nous salua d'un signe de tête.

— Et voici M. Henri, un ami de longue date qui a toute ma confiance.

Le jeune homme de l'entrée, petit et brun, inclina le buste avec raideur.

Poirot parcourut la pièce du regard. Il y avait deux autres portes en plus de celle par laquelle nous étions entrés. L'une, expliqua notre hôtesse, donnait sur le jardin ; l'autre, sur une pièce plus petite, également réservée aux expériences. Après avoir noté mentalement tous ces détails, Poirot se déclara prêt à retourner au salon.

— Madame, votre entretien avec Mr Halliday a-t-il eu lieu en tête-à-tête ?

— Oui, monsieur. Mes deux assistants se tenaient dans la pièce voisine.

— Eux-mêmes ou quelqu'un d'autre aurait-il pu entendre votre conversation ?

— Je ne le pense pas, dit Mme Olivier après un instant de réflexion. En fait, je suis presque sûre que non. Toutes les portes étaient fermées.

— Quelqu'un aurait-il pu se cacher dans le laboratoire ?

— Il y a bien un grand placard dans le coin... mais c'est une supposition absurde.

— Pas tout à fait, madame. Un dernier point : Mr Halliday vous a-t-il fait part de ses projets pour la soirée ?

— Il ne m'en a rien dit.

— Je vous remercie, madame, et veuillez m'excuser de vous avoir dérangée. Je vous en prie, nous trouverons bien le chemin.

À l'instant où nous débouchions dans le hall, une femme s'engouffra par la porte d'entrée. Elle s'élança dans l'escalier, et j'eus tout juste le temps de noter qu'elle était en grand deuil — la typique veuve française.

— Très étrange, cette femme, fit observer Poirot tandis que nous quittions la villa.

— Mme Olivier ? Oui, elle...

— Mais non, pas Mme Olivier ! Cela va sans dire ! Des génies de son envergure, il n'y en a pas beaucoup dans le monde. Non, je vous parle de l'autre femme, celle que nous avons croisée.

— Je n'ai pas vu son visage, dis-je, surpris. Et vous non plus, j'imagine, puisqu'elle ne nous a pas regardés.

— C'est pour cela que je dis qu'elle est étrange, répliqua Poirot avec un certain flegme. Une femme qui entre chez elle — je présume qu'elle est chez elle, puisqu'elle a une clef — et qui se précipite dans l'escalier sans même regarder les deux visiteurs inconnus qui sont dans le hall, c'est un comportement pour le moins curieux... anormal, même. Mille tonnerres ! Qu'est-ce que... ?

Il me tira en arrière, juste à temps : un arbre venait de s'abattre sur le trottoir, nous manquant de peu. Poirot le regarda, bouche bée, pâle et bouleversé.

— Il s'en est fallu d'un cheveu ! C'est quand même

trop bête ! Dire que je n'avais pas le moindre pressentiment, le moindre soupçon... ou si peu ! Oui... sans son regard fulgurant, sans ses yeux de lynx, Hercule Poirot serait peut-être mort écrasé, à l'heure qu'il est. Quelle effroyable calamité pour l'humanité tout entière ! Vous aussi, mon bon ami, vous auriez pu y rester ; mais cela n'aurait pas été une catastrophe nationale.

— Merci, dis-je froidement. Qu'allons-nous faire, à présent ?

— Faire ? s'exclama Poirot. Nous allons réfléchir. Oui, à l'instant même, nous allons faire travailler nos petites cellules grises. Voyons... ce Mr Halliday, est-il vraiment venu à Paris ? Oui, puisque le Pr Bourgoneau, qui le connaît, l'a rencontré et lui a parlé.

— Où diable voulez-vous en venir ?

— Leur entretien a eu lieu le vendredi matin. La dernière fois qu'on l'a vu, c'est le vendredi soir à 11 heures... mais l'a-t-on *réellement vu* à ce moment-là ?

— Le portier...

— Un portier de nuit, qui ne le connaissait pas. Un homme se présente à la réception — un homme qui ressemble suffisamment à Halliday : nous pouvons faire confiance pour cela au Numéro Quatre —, demande son courrier, monte dans sa chambre, boucle une petite valise et s'éclipse le lendemain matin. Et personne n'a vu Halliday de toute la soirée — non, parce qu'il était déjà tombé dans les mains de ses ennemis. Est-ce bien Halliday que Mme Olivier a reçu ? Oui, assurément : elle ne le connaissait pas de vue, mais un imposteur n'aurait pu lui donner le change sur les questions scientifiques. Il est donc venu ici, s'est entretenu avec elle, est parti... Et ensuite ?

Poirot m'avait saisi par le bras et me traînait littéralement vers la villa de Mme Olivier.

— Mon bon ami, imaginons que nous sommes le

lendemain de la disparition de Halliday et que nous cherchons des empreintes de pas. Voilà qui doit vous plaire, vous qui aimez tant les empreintes ! Voyez... nous avons ici les traces d'un homme, celles de Mr Halliday... Il tourne à droite, comme nous tout à l'heure, il marche d'un pas vif... ah ! quelqu'un le suit, très rapidement : voici des empreintes petites, celles d'une femme, voyez, elle le rattrape ; c'est une femme jeune, mince, portant un voile de deuil. « Pardonnez-moi, monsieur, lui dit-elle, Mme Olivier vous demande de revenir. » Il s'arrête, se retourne. Voyons, où cette jeune femme va-t-elle l'emmener ? Est-ce une coïncidence si elle l'a rattrapé à la hauteur d'une étroite allée qui sépare deux jardins ? Elle l'entraîne par là. « C'est un raccourci, monsieur. » À droite, il y a le jardin de la villa de Mme Olivier ; à gauche, celui d'un autre pavillon — et c'est de ce jardin, notez bien, que l'arbre a manqué tomber sur nous. Les deux villas ont une porte de service donnant sur cette allée. L'embuscade est tendue ici. Des hommes assaillent Halliday, le réduisent à l'impuissance et le transportent dans la maison voisine.

— Bon sang, Poirot ! m'écriai-je. Essayez-vous de me faire croire que vous voyez la scène ?

— Je la vois avec les yeux de l'esprit, mon bon ami. Les choses n'ont pas pu se passer autrement. Venez, retournons à la villa.

— Vous voulez revoir Mme Olivier ?

Poirot sourit d'un air étrange.

— Non, Hastings, je veux voir le visage de la femme en deuil.

— Qui est-ce, selon vous ? Une parente de Mme Olivier ?

— Une secrétaire, plus vraisemblablement. Une secrétaire engagée depuis peu.

Le disciple aux manières cérémonieuses nous ouvrit la porte. Poirot lui demanda :

— Pouvez-vous me dire comment s'appelle la dame — une veuve — qui est entrée voici quelques minutes ?

— Mme Véroneau ? La secrétaire de Madame ?

— C'est bien elle. Veuillez lui demander de nous accorder un entretien.

Le jeune homme disparut. Il ne tarda pas à revenir en annonçant :

— Je regrette, Mme Véroneau a dû ressortir.

— Je ne le pense pas, répliqua posément Poirot. Je vous prie, donnez-lui mon nom — Hercule Poirot — et dites-lui que je dois la voir d'urgence avant d'aller à la Préfecture de police.

Notre messager repartit faire la commission. Cette fois, la femme descendit et entra directement dans le salon. Nous l'y suivîmes. Elle se tourna alors vers nous et leva son voile. Je reconnus avec stupéfaction notre vieille adversaire, la comtesse Rossakov, aristocrate russe qui avait organisé à Londres un vol de bijoux particulièrement astucieux.

— Dès que je vous ai aperçu dans le vestibule, dit-elle à Poirot d'un ton plaintif, j'ai craint le pire.

— Ma chère comtesse...

Elle fit un signe de dénégation.

— Inez Véroneau, murmura-t-elle. Espagnole mariée à un Français. Que me voulez-vous, Poirot ? Vous êtes un homme redoutable. Vous m'avez déjà chassée de Londres. Je suppose que, maintenant, vous allez me dénoncer à notre merveilleuse Mme Olivier et me chasser de Paris ? Nous autres, pauvres Russes, sommes bien obligés de gagner notre vie, vous savez.

— C'est plus grave, madame, dit Poirot en la regardant dans les yeux. Je compte entrer dans la villa voisine pour libérer Mr Halliday, s'il est encore vivant. Je sais tout, comprenez-vous.

Je la vis soudain blêmir. Elle se mordilla la lèvre inférieure et finit par dire, d'un ton décidé :

— Il est vivant, mais pas dans la villa. Tenez, faisons un marché : la liberté pour moi en échange de Mr Halliday sain et sauf.

— J'accepte, dit Poirot. J'allais vous proposer le même arrangement. Au fait, madame, êtes-vous employée par les Quatre Grands ?

Une pâleur mortelle envahit de nouveau le visage de la comtesse qui, en guise de réponse, se contenta de demander la permission de téléphoner.

Elle se dirigea vers l'appareil et composa un numéro.

— C'est le numéro de la villa où notre ami est emprisonné, expliqua-t-elle. Vous pouvez le donner à la police, le nid sera vide quand elle arrivera. Ah ! quelqu'un décroche... C'est vous, André ? Ici Inez. Le petit Belge sait tout. Envoyez Halliday à l'hôtel et débarrassez les lieux.

Elle raccrocha et revint vers nous, le sourire aux lèvres.

— Vous allez nous accompagner à l'hôtel, madame, lui dit Poirot.

— Certainement. Je m'y attendais.

Je hélai un taxi et nous partîmes tous les trois. Je voyais à son visage que Poirot était préoccupé. L'issue était presque trop facile. Lorsque nous descendîmes devant l'hôtel, le portier vint à notre rencontre.

— Un monsieur vient d'arriver, dit-il. Il est dans votre appartement. Il a l'air très mal en point. Une infirmière l'accompagnait, mais elle est repartie.

— Tout va bien, dit Poirot. C'est un ami à moi.

Nous montâmes tous ensemble. Assis sur une chaise, près de la fenêtre, je vis un jeune homme hagard qui paraissait à l'extrême limite de l'épuisement. Poirot s'approcha de lui et demanda :

— Êtes-vous John Halliday ? (L'homme acquiesça.) Montrez-moi votre bras gauche. John Halliday a un grain de beauté juste sous le coude gauche.

L'homme tendit le bras. Le grain de beauté était bien là. Poirot s'inclina devant la comtesse, qui tourna les talons et sortit.

Un verre de cognac redonna un peu de vigueur à Halliday.

— Mon Dieu ! bredouilla-t-il. Cette captivité a été un enfer... un enfer... Ce sont des démons... de véritables démons. Ma femme, où est-elle ? Que s'imagine-t-elle ? Ils m'ont dit qu'elle croyait... qu'elle croyait que...

— C'est faux, dit Poirot avec fermeté. Elle n'a jamais douté de vous, pas un instant. Elle vous attend, et votre fille aussi.

— Dieu soit loué. J'ai peine à me croire de nouveau libre.

— Maintenant que vous avez un peu récupéré, je voudrais que vous nous racontiez toute l'histoire depuis le début.

Halliday le regarda avec une expression impossible à décrire.

— Je ne me souviens... de *rien*, dit-il.

— Comment ?

— Avez-vous entendu parler des Quatre Grands ?

— Un peu, oui, répondit Poirot, pince-sans-rire.

— Vous n'en savez pas autant que moi sur eux. Ils possèdent un pouvoir illimité. Si je garde le silence, j'aurai la vie sauve ; si je dis un seul mot, ils nous feront subir d'indicibles tourments, à moi et à mes proches. Inutile d'essayer de m'amener à parler. *Je sais*... Mais je ne me souviens... *de rien*.

Sur ces mots, il se leva et sortit de la pièce, laissant Poirot tout déconfit.

— Et voilà ! marmonna ce dernier. Les Quatre Grands gagnent encore cette fois. C'est quoi, Hastings, ce papier que vous tenez à la main ?

— Un mot que la comtesse a griffonné avant de partir, expliquai-je en le lui tendant.

— « Au revoir, I.V. », lut-il. Elle a signé de ses initiales : I.V. Ces deux lettres forment le chiffre *Quatre*. Simple coïncidence ? Je me le demande, Hastings. Je me le demande.

7

LES VOLEURS DE RADIUM

Ce soir-là, Halliday dormit à l'hôtel, dans la chambre voisine de notre appartement. Toute la nuit, je l'entendis gémir et crier dans son sommeil ; de toute évidence, sa captivité à la villa lui avait brisé les nerfs. Le lendemain matin, nous fûmes totalement incapables de lui soutirer le moindre renseignement. Il se bornait à répéter que les Quatre Grands disposaient d'un pouvoir sans limites. S'il parlait, leur vengeance serait terrible.

Après le déjeuner, il partit rejoindre sa femme en Angleterre tandis que Poirot et moi restions à Paris. J'étais de plus en plus impatient d'en découdre, sans trop savoir comment, mais la passivité de Poirot m'exaspérait.

— Pour l'amour du ciel, Poirot ! m'écriai-je. Allons-y, attaquons-les !

— Admirable, mon ami, admirable ! Allons *où*, attaquons *qui* ? Précisez, de grâce.

— Les Quatre, naturellement !

— Cela va sans dire. Mais par où commenceriez-vous ?

— Allons trouver la police, hasardai-je sans grande conviction.

— Ils nous accuseraient de faire du roman, dit Poirot avec un sourire. Nous n'avons rien de concret, rien de solide. Nous devons attendre.

— Attendre quoi ?

— Qu'ils fassent le premier pas. En Angleterre, tout le monde comprend et adore la boxe, n'est-ce pas ? Eh bien... quand l'un des deux boxeurs ne bouge pas, l'autre est obligé d'attaquer ; en laissant l'initiative à son adversaire, on en apprend long sur sa tactique. Voilà notre rôle : laisser l'autre camp passer à l'offensive.

— Vous pensez que les Quatre vont le faire ? demandai-je, sceptique.

— Je n'ai aucun doute là-dessus. Pour commencer, ils essaient de me faire quitter l'Angleterre ; leur plan échoue. Ensuite, nous intervenons dans l'affaire de Dartmoor et nous sauvons leur victime du gibet. Et hier, une fois de plus, nous contrecarrons leurs projets. Assurément, ils n'en resteront pas là.

Tandis que je méditais ce raisonnement, un coup fut frappé à la porte. Sans attendre d'y être invité, un homme entra et referma derrière lui. Grand, maigre, le teint brouillé et le nez légèrement busqué, il portait un pardessus boutonné jusqu'au menton et un feutre rabattu sur les yeux.

— Veuillez pardonner cette entrée un peu cavalière, messieurs, dit-il d'une voix feutrée, mais l'affaire qui m'amène est assez spéciale.

Il s'avança en souriant, et s'assit devant la table. Je voulus bondir de mon siège, mais Poirot me retint.

— De fait, votre intrusion est fort cavalière. Exposez-nous l'objet de votre visite, voulez-vous ?

— C'est très simple, mon cher monsieur Poirot. Vous avez contrarié mes amis.

— De quelle manière ?

— Allons, allons ! monsieur Poirot. Posez-vous sérieusement la question ? Vous en connaissez la réponse aussi bien que moi.

— Cela dépend, monsieur. Qui sont vos fameux amis ?

Sans un mot, l'homme sortit un étui à cigarettes, l'ouvrit et y préleva quatre cigarettes, qu'il jeta sur la table. Puis il les ramassa et les remit dans l'étui, qu'il rangea dans sa poche.

— Ah-ah ! dit Poirot. C'est donc cela ? Et que suggèrent-ils, vos amis ?

— Ils vous suggèrent, monsieur, d'employer vos talents — par ailleurs remarquables — à la résolution d'énigmes ordinaires. Reprenez vos anciens passe-temps et levez le voile sur les mystères des ladies de la haute société londonienne.

— Programme de tout repos, dit Poirot. Et si je refuse ?

L'homme eut un geste éloquent.

— Nous en serions profondément navrés, dit-il, de même que tous les amis et les admirateurs du grand Hercule Poirot. Mais les regrets, si vifs qu'ils soient, n'ont jamais ramené un homme à la vie.

— Voilà qui est dit avec délicatesse, murmura Poirot en hochant la tête. Et... si j'accepte ?

— Dans ce cas, j'ai pleins pouvoirs pour vous offrir une... compensation.

Il exhiba un portefeuille et jeta sur la table dix billets de dix mille francs.

— Ce n'est là qu'une garantie de notre bonne foi, dit-il. Vous recevrez dix fois cette somme.

Je me levai d'un bond :

— Crénom ! Vous osez croire...

— Asseyez-vous, Hastings, ordonna Poirot. Mettez une sourdine à votre belle honnêteté et restez assis. Quant à vous, monsieur, qu'est-ce qui m'empêche de téléphoner à la police et de vous livrer à eux, pendant que mon ami vous tient en respect ?

— Faites, si cela vous paraît judicieux, dit calmement notre visiteur.

— Écoutez, Poirot, je n'y tiens plus ! m'exclamai-je. Appelez la police et finissons-en !

Je me précipitai vers la porte et m'y adossai.

L'air songeur, comme s'il était en proie à un débat intérieur, Poirot murmura :

— Apparemment, c'est la réaction qui s'impose.

— Mais vous vous méfiez des réactions qui s'imposent, hein ? dit notre visiteur en souriant.

— Allez-y, Poirot, insistai-je.

— Vous en acceptez la responsabilité, mon ami.

À l'instant où le détective soulevait le combiné, l'homme bondit sur moi avec la souplesse d'un chat. J'étais prêt à faire face : nous luttâmes au corps à corps, titubant tout autour de la pièce. Soudain, je le sentis glisser et perdre l'équilibre. Je poussai mon avantage, et il s'affaissa à mes pieds. C'est à ce moment-là, dans l'ivresse de la victoire, qu'un phénomène extraordinaire se produisit : je me sentis brusquement projeté en avant. Je heurtai le mur tête la première et me retrouvai par terre, bras et jambes emmêlés. Le temps que je me relève, la porte se refermait déjà sur mon ci-devant adversaire. Je me précipitai, secouai la poignée, mais nous étions enfermés de l'extérieur. J'arrachai le téléphone des mains de Poirot.

— Allô, la réception ? Un homme sort d'ici. Il faut

l'arrêter ! C'est un grand type, avec un feutre mou et un pardessus boutonné jusqu'au col. Il est recherché par la police.

Moins de cinq minutes plus tard, nous entendîmes du bruit dehors, dans le couloir. La clef tourna dans la serrure et la porte s'ouvrit toute grande. Le directeur en personne apparut sur le seuil.

— Vous l'avez attrapé ? criai-je.

— Non, monsieur. Personne n'est descendu.

— Vous l'avez certainement croisé !

— Nous n'avons rencontré personne, monsieur. Je ne comprends pas qu'il ait pu s'échapper.

— Mais si, vous avez croisé quelqu'un, dit Poirot de sa voix aimable. Un employé de l'hôtel, peut-être ?

— Seulement un serveur avec un plateau, monsieur.

— Ah ! soupira Poirot d'un ton qui en disait long.

Lorsque nous eûmes enfin réussi à nous débarrasser du directeur de l'hôtel, tout émoustillé par l'affaire, Poirot fit observer :

— Voilà donc pourquoi son pardessus était boutonné jusqu'au col.

— Je suis vraiment navré, Poirot, murmurai-je d'un air penaud. Je croyais l'avoir bel et bien terrassé.

— Oui, il vous a fait une prise japonaise, j'imagine. Ne vous désolez pas, mon bon ami. Tout s'est passé comme il l'avait prévu. C'est ce que je voulais.

Avisant un objet marron qui traînait par terre, je bondis en m'exclamant :

— Qu'est-ce que c'est que ça ?

C'était un mince portefeuille de cuir brun que notre visiteur avait manifestement perdu au cours de la bagarre. Il contenait, outre deux factures au nom de M. Félix Laon, un bout de papier plié en deux qui me fit bondir le cœur dans la poitrine : une demi-feuille de calepin portant quelques mots au crayon, mais des mots d'une extrême importance :

« La prochaine réunion du conseil aura lieu vendredi matin à 11 heures, 34, rue de l'Échelle. »

Le message était signé d'un grand « 4 ».

Nous étions aujourd'hui vendredi, et la pendule de la cheminée indiquait 10 heures et demie.

— Bon sang, quelle chance ! m'écriai-je. Les dieux sont avec nous. Mais il nous faut partir immédiatement. Quelle occasion inouïe !

— Voilà donc pourquoi il est venu, murmura Poirot. Tout s'explique.

— Qu'est-ce qui s'explique ? Venez donc, Poirot, ne restez pas là à rêvasser !

Poirot me regarda en secouant lentement la tête, le sourire aux lèvres.

— « Voulez-vous entrer dans mon salon, dit l'araignée à la mouche ? » Ce sont bien les paroles d'une de vos comptines anglaises, n'est-ce pas ? Non, non... ils sont subtils, mais pas aussi subtils qu'Hercule Poirot.

— Qu'est-ce que vous racontez, Poirot ?

— Mon bon ami, je me demandais la raison de cette démarche. Notre visiteur espérait-il vraiment m'acheter ? Ou m'effrayer au point de me faire renoncer ? Peu vraisemblable. Mais alors, pourquoi était-il venu ? Maintenant, je comprends tout. Un plan très précis, fort bien exécuté : le prétexte de me soudoyer ou de m'intimider, la bataille nécessaire qu'il n'a pas cherché à éviter et qui lui donnait l'occasion de perdre son portefeuille de façon naturelle... et enfin... le guet-apens ! Rue de l'Échelle, 11 heures du matin ? Que nenni, mon bon ami ! On n'attrape pas Hercule Poirot si facilement.

— Miséricorde ! hoquetai-je.

Le front soucieux, Poirot réfléchissait.

— Il reste une chose que je ne comprends pas.

— Laquelle ?

— L'heure, Hastings... Le moment choisi. S'ils voulaient m'attirer dans un piège, la nuit aurait été assurément plus propice ? Pourquoi cette heure matinale ? Un événement se prépare-t-il ce matin ? Un événement qu'ils sont anxieux de cacher à Hercule Poirot ?

» Nous verrons bien, conclut-il. Je reste ici, mon bon ami. Ce matin, nous ne bougeons pas. Nous attendons la suite ici.

Ce fut à 11 heures et demie précises qu'arriva la convocation sous la forme d'un petit bleu. Poirot l'ouvrit, puis me le tendit. Le télégramme provenait de Mme Olivier, la savante mondialement célèbre que nous étions allés voir la veille dans le cadre de l'affaire Halliday. Elle nous demandait de venir à Passy sans délai. Nous obéîmes sans perdre une seconde. Mme Olivier nous reçut dans le même petit salon. Je fus de nouveau frappé par l'extraordinaire personnalité de cette femme, brillante émule de Becquerel et des Curie, au long visage de religieuse et aux yeux fiévreux. Elle en vint directement au fait :

— Messieurs, vous m'avez rendu visite hier à propos de la disparition de Mr Halliday. Je viens d'apprendre que vous êtes ensuite revenus ici pour voir ma secrétaire, Inez Véroneau. Elle a quitté la maison avec vous et n'est pas revenue depuis.

— Est-ce tout, madame ?

— Non, messieurs, ce n'est pas tout. Le laboratoire a été cambriolé cette nuit, on a emporté plusieurs documents précieux et des rapports. Les voleurs ont tenté de prendre quelque chose d'encore plus précieux mais, par bonheur, ils n'ont pas réussi à ouvrir le grand coffre.

— Madame, voici les faits. Votre ex-secrétaire, Mme

Véroneau, était en réalité la comtesse Rossakov, une voleuse experte, et c'était elle la responsable de la disparition de Mr Halliday. Depuis combien de temps travaillait-elle pour vous ?

— Cinq mois, monsieur. Ce que vous me dites est stupéfiant.

— C'est néanmoins la vérité. Ces documents, étaient-ils faciles à trouver ? Ou alors, fallait-il connaître les lieux ?

— C'est assez curieux que les voleurs aient su exactement où chercher. Vous pensez qu'Inez...

— Oui, c'est elle qui les a renseignés, j'en suis convaincu. Mais quelle est cette précieuse chose que les voleurs n'ont pu emporter ? Des bijoux ?

Mme Olivier eut un fin sourire.

— Quelque chose d'infiniment plus précieux, monsieur.

Elle jeta un coup d'œil autour d'elle et, se penchant en avant, ajouta à voix basse :

— Du radium.

— Du radium ?

— Oui, monsieur. J'en suis maintenant au stade ultime de mes expériences. Je possède à titre personnel un petit morceau de radium, et on m'en a prêté par ailleurs une certaine quantité pour mettre au point le procédé auquel je travaille en ce moment. Si petite que soit la quantité, elle représente une grande partie de la réserve mondiale et vaut des millions de francs.

— Et où est-il, ce radium ?

— Dans une boîte en plomb, à l'intérieur du grand coffre-fort. À voir comme cela, le coffre a l'air d'un modèle ancien et hors d'usage, mais ne vous y fiez pas : en réalité, il est d'une solidité à toute épreuve. C'est sans doute pour cela que les cambrioleurs n'ont pas réussi à l'ouvrir.

— Combien de temps encore allez-vous garder ce radium en votre possession ?

— Deux jours, monsieur, pas davantage. Mes expériences auront alors abouti.

Les yeux de Poirot brillèrent.

— Et Inez Véroneau le sait ? Bien... alors, nos amis vont revenir. Pas un mot de ma visite à quiconque, madame. Mais dormez rassurée, je vous sauverai votre radium. Avez-vous une clef de la porte du laboratoire — celle qui communique avec le jardin ?

— Oui, monsieur. La voici. J'en ai un double pour moi. Et voici la clef de la porte du jardin, celle qui donne sur l'allée séparant cette villa de la maison voisine.

— Je vous remercie, madame. Ce soir, couchez-vous comme si de rien n'était, n'ayez crainte et laissez-moi agir. Mais ne dites rien à personne, surtout pas à vos deux assistants... Mlle Claude et M. Henri, c'est bien cela ?

Poirot sortit de la villa en se frottant les mains avec une évidente satisfaction.

— Que faisons-nous, maintenant ? demandai-je.

— Maintenant, Hastings, nous allons quitter Paris... pour l'Angleterre.

— Quoi ?

— Nous allons faire nos valises, déjeuner et prendre un taxi pour la gare du Nord.

— Mais... le radium ?

— Nous partons pour l'Angleterre, mais je n'ai pas dit que nous arriverions là-bas. Réfléchissez un instant, Hastings. Il est évident que nous sommes surveillés, suivis. Il faut faire croire à nos ennemis que nous retournons en Angleterre ; et le meilleur moyen, c'est qu'ils nous voient monter dans le train et partir.

— Et nous descendrons discrètement à la dernière minute, c'est cela ?

— Non, Hastings. Pour satisfaire nos ennemis, il faut un départ en bonne et due forme, rien de moins.

— Mais le train ne s'arrête pas avant Calais !

— Il s'arrêtera si nous payons.

— Allons donc, Poirot ! Même en payant, on ne peut pas arrêter un express ; le mécanicien refuserait.

— Mon cher ami, n'avez-vous jamais remarqué la petite poignée qui s'appelle un signal d'alarme ? Tout usage abusif entraîne une amende de cent francs, je crois.

— Oh ! vous allez faire ça ?

— Pas exactement. Un de mes amis, Pierre Combeau, s'en chargera à ma place. Pendant qu'il fera une grande scène au contrôleur devant tous les voyageurs bouche bée, nous disparaîtrons sans bruit, vous et moi.

Le moment venu, nous exécutâmes le plan de Poirot. Pierre Combeau, un vieil ami de Poirot qui connaissait manifestement très bien les méthodes du petit détective, accepta de se prêter au jeu. Aux abords de la banlieue parisienne, il tira le signal d'alarme et « fit un esclandre » dans la meilleure tradition française — ce qui nous permit, à Poirot et à moi, de descendre du train sans que personne ne s'intéressât à notre départ. Notre première préoccupation fut de nous métamorphoser ; Poirot avait emporté à cet effet, dans une petite valise, tout l'équipement nécessaire. À l'issue de cette transformation, nous étions devenus deux vagabonds vêtus de salopettes crasseuses. Après avoir dîné dans une auberge éloignée de tout, nous rebroussâmes chemin vers Paris.

Il était près de 11 heures lorsque nous nous retrouvâmes devant la villa de Mme Olivier. Nous inspectâmes les deux côtés de la rue avant de nous faufiler dans l'allée. L'endroit paraissait désert. Une chose était certaine : personne ne nous suivait.

— Je ne m'attends pas à ce qu'ils soient déjà là, me chuchota Poirot. Ils ne viendront peut-être que demain soir, mais ils savent qu'il ne leur reste que deux nuits pour voler le radium.

Avec force précautions, nous tournâmes la clef dans la serrure. La porte du jardin s'ouvrit sans bruit et nous franchîmes le seuil.

Soudain, le coup s'abattit, complètement inattendu. En quelques instants, nous fûmes cernés, ligotés et bâillonnés. Ils devaient être une bonne dizaine ; toute résistance était inutile. Ils nous soulevèrent et nous emportèrent, comme deux vulgaires paquets. À mon extrême stupéfaction, ils nous emmenèrent *vers* la villa de Mme Olivier et non dans la direction opposée. À l'aide d'une clef, ils s'introduisirent dans le laboratoire et nous y transportèrent. L'un des hommes se pencha devant un grand coffre, dont la porte pivota sur ses gonds. Je sentis un désagréable frisson me parcourir l'échine. Nos agresseurs allaient-ils nous enfermer là-dedans et nous y laisser mourir lentement d'asphyxie ?

Je m'aperçus alors, avec stupeur, que le coffre s'ouvrait sur un escalier qui s'enfonçait dans le sol. On nous poussa sans ménagements dans cet étroit passage, et nous débouchâmes bientôt dans une vaste pièce souterraine. Une femme se tenait là, grande et majestueuse, le visage dissimulé sous un masque de velours noir. À en juger d'après ses gestes impérieux, c'était elle qui dirigeait les opérations. Les hommes nous balancèrent par terre et nous laissèrent seuls avec la mystérieuse créature au masque. Pour moi, cela ne faisait aucun doute : nous étions en présence de la Française inconnue, le Numéro Trois des Quatre Grands.

Elle s'agenouilla pour nous ôter nos bâillons, mais

sans défaire nos liens. Puis, se redressant, elle nous fit face et, d'un geste brusque, retira son masque.

C'était Mme Olivier !

— Monsieur Poirot..., murmura-t-elle d'un ton moqueur. Le grand, le remarquable, l'unique monsieur Poirot... Je vous ai envoyé un avertissement, hier matin. Vous n'avez pas jugé utile d'en tenir compte ; vous avez cru pouvoir jouer au plus fin avec NOUS. Et voilà le résultat !

Il y avait chez cette femme une froide méchanceté qui me glaça jusqu'à la moelle, d'autant qu'elle contrastait avec le feu ardent qui brûlait dans ses yeux. Elle était folle — bel et bien folle —, mais sa folie était celle du génie !

Poirot la regardait, bouche bée.

— Voici la fin, dit-elle posément. Nous ne pouvons tolérer qu'on se mette en travers de notre chemin. Avez-vous une dernière requête à formuler ?

Jamais je ne m'étais senti si près de la mort. Poirot, quant à lui, se montra sublime. Il ne tiqua pas, ne blêmit pas ; il continua de la regarder avec une curiosité soutenue.

— Votre psychologie m'intéresse énormément, madame. Je déplore qu'il me reste si peu de temps pour l'étudier. Oui, j'ai une requête à formuler. Un condamné à mort, je crois, a toujours le droit à une dernière cigarette. J'ai mon étui sur moi. Si je pouvais...

Il regarda ses mains entravées.

— Mais comment donc ! dit-elle en riant. Vous voudriez que je vous délie les mains, c'est bien cela ? Vous êtes intelligent, Hercule Poirot, je le sais. Je ne vais pas vous détacher... mais je vais vous donner une cigarette.

S'agenouillant près de lui, elle prit l'étui de Poirot et en sortit une cigarette qu'elle lui mit entre les lèvres.

— Et maintenant, une allumette, dit-elle en se redressant.

— Ce n'est pas nécessaire, madame.

Une intonation nouvelle dans la voix de Poirot me fit tressaillir. Mme Olivier la remarqua, elle aussi.

— Ne bougez pas, de grâce, madame, sinon vous le regretterez. Connaissez-vous un tant soit peu les propriétés du curare ? Les Indiens d'Amérique du Sud enduisent leurs flèches de ce poison. Une simple égratignure entraîne la mort. Certaines tribus utilisent une petite sarbacane ; moi aussi, voyez-vous, j'ai ma petite sarbacane, fabriquée sur le modèle d'une cigarette. Je n'ai qu'à souffler... Ah, vous sursautez ! Pas un geste, madame. Le mécanisme de cette cigarette est fort ingénieux. Quand on souffle, un dard minuscule — une sorte d'arête de poisson — fend l'air vers sa cible. Vous ne souhaitez pas mourir, madame. Par conséquent, je vous implore de libérer mon ami Hastings. Je ne peux pas me servir de mes mains, mais je peux tourner la tête — comme ceci, voyez — et vous tenir en respect, madame. Ne commettez pas d'erreur, je vous en conjure.

Lentement, les mains tremblantes, le visage convulsé par la rage et la haine, Mme Olivier se pencha et obéit. Dès que je fus libre, Poirot me donna ses instructions :

— Vos liens vont servir pour madame, Hastings. Voilà, parfait. Est-elle solidement attachée ? Dans ce cas, veuillez me libérer. Il est heureux qu'elle ait renvoyé ses sbires. Avec un peu de chance, nous trouverons la voie libre.

Quelques instants plus tard, Poirot se tenait debout à mes côtés.

— On ne tue pas Hercule Poirot si facilement, madame. Je vous souhaite le bonsoir, fit-il en s'inclinant.

Elle ne put répondre à cause de son bâillon, mais la lueur meurtrière qui brilla dans ses yeux me terrifia. Je priai le ciel de ne jamais retomber entre ses mains.

Trois minutes plus tard, nous sortions de la villa et traversions le jardin en toute hâte. La route était déserte. Il ne nous fallut pas longtemps pour quitter le secteur.

À ce moment-là, Poirot éclata :

— Je mérite tout ce que m'a dit cette femme ! Je suis un triple idiot, un âne bâté, un imbécile au dernier degré ! J'étais fier de n'être pas tombé dans leur piège ; en fait, ce n'était même pas un piège : ils savaient que je le découvrirais, ils comptaient même là-dessus. Et le vrai piège m'attendait ailleurs, précisément là où je me suis laissé prendre. Cela explique tout : pourquoi ils ont capitulé si facilement, relâché Halliday... Mme Olivier était le cerveau ; Vera Rossakov, seulement le lieutenant. Mme Olivier avait besoin des idées de Halliday : elle avait le génie nécessaire pour combler les lacunes qui l'arrêtaient, lui. Oui, Hastings, nous savons maintenant qui est le Numéro Trois : une femme, sans doute la plus grande savante du monde ! Imaginez... L'intelligence de l'Orient, la science de l'Occident — et deux autres personnages dont nous ignorons encore l'identité. Mais nous devons les démasquer. Demain, nous rentrons à Londres pour nous atteler à cette tâche.

— Vous n'allez pas dénoncer Mme Olivier à la police ?

— Je ne serais pas cru. En France, cette femme est une idole. Et nous ne pouvons rien prouver. Nous aurons de la chance si ce n'est pas *elle* qui nous dénonce.

— Comment ça ?

— Réfléchissez. On nous trouve chez elle, la nuit, munis de clefs qu'elle jurera ne nous avoir pas données.

Elle nous surprend devant son coffre et nous prenons la fuite, après l'avoir bâillonnée et ligotée. Ne vous faites aucune illusion, Hastings, nous sommes les dindons de la farce...

8

DANS LA MAISON DE L'ENNEMI

Après notre aventure à la villa de Passy, nous regagnâmes précipitamment Londres, où plusieurs lettres attendaient Poirot. L'une d'elles retint particulièrement son attention ; il la lut avec un sourire bizarre, puis me la tendit.

— Lisez ceci, mon bon ami.

Je commençai par la signature : « Abe Ryland ». Je me remémorai alors les paroles de Poirot : « L'homme le plus riche du monde ». La lettre de Mr Ryland était sèche, incisive. Il exprimait son profond mécontentement devant la raison invoquée par Poirot pour annuler au dernier moment son voyage en Amérique du Sud.

— Voilà qui donne furieusement à réfléchir, n'est-ce pas ? dit Poirot.

— Je ne trouve pas extravagant qu'il proteste un peu.

— Non, non, vous ne saisissez pas. Rappelez-vous ce que nous a dit Mayerling, l'homme qui s'est réfugié ici pour y mourir malgré tout des mains de ses ennemis : « Le Numéro Deux est représenté par un S barré d'un double trait vertical — le symbole du dollar — ou encore par deux bandes horizontales et une étoile. On peut en conclure que c'est un citoyen américain et qu'il incarne la puissance financière. » Ajoutez à cela le fait que Ryland m'a offert une somme prodigieuse pour m'appâter hors d'Angleterre, et... et alors, Hastings ?

Je le regardai, éberlué.

— En fait, vous soupçonnez Abe Ryland, le multimilliardaire, d'être le Numéro Deux des Quatre Grands !

— Votre brillante intelligence a saisi l'idée, Hastings. Oui, en effet. Vous avez prononcé le mot « multimilliardaire » sur un ton éloquent, mais comprenez bien une chose : cette organisation est dirigée par des hommes très puissants, et Mr Ryland a la réputation de ne pas être un enfant de chœur. C'est un homme habile, sans scrupules, qui a une fortune colossale et qui cherche maintenant à acquérir un pouvoir illimité.

Indubitablement, la théorie de Poirot se défendait. Je lui demandai à quel moment il s'était forgé une opinion définitive sur la question.

— Le problème est là : je ne suis pas sûr. Je ne *peux* pas être sûr. Mon ami, je donnerais n'importe quoi pour *savoir*. Décrétons néanmoins que Abe Ryland est le Numéro Deux ; cela nous rapprochera de notre but.

— Il vient d'arriver à Londres, semble-t-il, dis-je en tapotant la lettre. Irez-vous le voir pour lui présenter personnellement vos excuses ?

— C'est bien possible.

Le surlendemain, Poirot revint à l'appartement dans un état d'excitation sans bornes. Avec l'impulsivité qui le caractérisait, il me saisit les mains :

— Mon bon ami, il se présente à nous une occasion formidable, unique, sans précédent ! Mais c'est dangereux, très dangereux. Je ne devrais même pas vous demander de courir le risque.

Si Poirot cherchait à m'effrayer, il perdait son temps, et je ne me gênai pas pour le lui dire. Il m'exposa alors son plan, de façon moins incohérente.

Ryland cherchait un secrétaire anglais, un homme ayant de la prestance et de bonnes manières. L'idée de Poirot, c'était que je postule cet emploi.

— Je le ferais bien moi-même, mon ami, dit-il en manière d'excuse. Mais il m'est presque impossible de jouer ce rôle convenablement. Je parle un excellent anglais — sauf quand je suis excité — mais je ne peux quand même pas abuser une oreille exercée ; et même si je sacrifiais mes moustaches, je doute qu'on ne finisse par reconnaître Hercule Poirot.

Je partageai cet avis et me déclarai prêt à tenter ma chance pour m'introduire dans le sanctuaire de Ryland.

— De toute façon, objectai-je, je vous parie dix contre un qu'il ne m'engagera pas.

— Oh ! que si. Je vais vous obtenir des certificats qui le feront se pourlécher les babines. Le ministre de l'Intérieur en personne vous recommandera.

Je fis observer à Poirot qu'il poussait le bouchon un peu loin, mais il balaya mes objections d'un geste.

— Il le fera, vous verrez ! Je me suis occupé pour lui d'une affaire qui aurait pu provoquer un grave scandale. J'ai résolu le problème avec discrétion et délicatesse, et aujourd'hui le ministre vient manger dans ma main — comme vous diriez — tel un petit oiseau qui picore les miettes.

Notre premier soin fut d'aller voir un « artiste en maquillage ». C'était un petit homme qui penchait la tête d'une drôle de façon, un peu comme Poirot. Il me détailla un moment en silence, puis se mit à l'œuvre. Lorsque je me regardai dans la glace, une demi-heure plus tard, je fus abasourdi. Des chaussures spéciales me grandissaient de cinq bons centimètres et la coupe du pardessus que je portais me donnait une silhouette longue et mince, presque efflanquée. Mes sourcils, habilement retouchés, modifiaient totalement l'expression de mon visage ; mes joues étaient rembourrées par des tampons d'ouate et mon teint hâlé n'était plus qu'un souvenir. Ma moustache avait disparu et une dent en or saillait d'un côté de ma bouche.

— Vous vous appelez désormais Arthur Neville, dit Poirot. Dieu vous garde, mon bon ami... car je crains que des périls ne vous guettent.

Le cœur battant la chamade, je me présentai au *Savoy*, à l'heure indiquée par Mr Ryland, et demandai à voir le grand homme.

Après m'avoir fait attendre une minute ou deux, on me conduisit dans sa suite.

Ryland était assis à une table. Devant lui était dépliée une lettre provenant du ministère de l'Intérieur ; j'aperçus l'en-tête du coin de l'œil. C'était la première fois que je voyais le milliardaire américain et, malgré moi, je fus impressionné. Grand, mince, il avait un menton en galoche et un nez légèrement crochu. Ses yeux, gris et froids, brillaient sous l'auvent des sourcils, et il avait une épaisse chevelure grisonnante. Au coin de sa bouche, il laissait pendre avec désinvolture un long cigare noir sans lequel on ne le voyait jamais — je devais l'apprendre par la suite.

— 'Seyez-vous, grogna-t-il.

Je m'assis. Il tapota de l'index ma lettre de recommandation.

— D'après ce papier, vous êtes exactement ce qu'il me faut et je n'ai pas besoin de chercher plus loin. Dites-moi, est-ce que vous vous y connaissez en mondanités ?

Je répondis que je pensais pouvoir le satisfaire sur ce chapitre.

— Par exemple, reprit-il, si je reçois des tas de ducs,

de comtes, de vicomtes et tutti quanti dans la maison de campagne que j'ai louée, est-ce que vous serez capable de vous débrouiller et de les installer à table à la bonne place?

— Oh! très facilement, répondis-je en souriant.

Nous échangeâmes encore quelques remarques préliminaires, après quoi il m'annonça que j'étais engagé. Ce que cherchait Mr Ryland, en fait, c'était un secrétaire connaissant les usages de la haute société anglaise; il avait déjà à son service un secrétaire américain et une sténo-dactylo.

Je partis le surlendemain pour Hatton Chase, le manoir du duc de Loamshire, que le milliardaire américain avait loué pour six mois.

Je ne rencontrai pas la moindre difficulté dans l'exercice de mes fonctions. À une certaine période de ma vie, n'avais-je pas été le secrétaire particulier d'un parlementaire débordé de travail? Le rôle que j'étais appelé à assumer m'était donc assez familier. Mr Ryland recevait généralement beaucoup d'invités le week-end, mais le reste de la semaine était relativement calme. Je voyais fort peu Mr Appleby, le secrétaire américain, mais il m'avait l'air d'un jeune homme normal, agréable, très efficace dans son travail. Je voyais davantage miss Martin, la sténo-dactylo. C'était une jolie fille de vingt-trois ou vingt-quatre ans, aux cheveux auburn et aux yeux marron — des yeux qui, à l'occasion, brillaient de malice, bien qu'ils fussent la plupart du temps pudiquement baissés. J'avais le sentiment que son employeur ne lui inspirait ni sympathie ni confiance, mais elle prenait soin de n'en rien laisser paraître. Vint pourtant le jour où, de façon inattendue, elle me fit ses confidences.

Bien entendu, je m'étais scrupuleusement renseigné sur tous les membres du personnel. Certains domestiques avaient été engagés tout récemment: l'un des valets de pied, entre autres, et quelques bonnes. Le majordome, la gouvernante et le chef cuisinier étaient des employés du duc qui avaient consenti à rester au service de Mr Ryland. J'écartai les bonnes, les jugeant sans importance. En revanche, je surveillai de très près James, le second valet de pied ; mais ce n'était manifestement qu'un sous-fifre et rien de plus. Il avait d'ailleurs été engagé par le majordome. Celui qui me paraissait beaucoup plus suspect, c'était Deaves, le valet de chambre personnel que Ryland avait ramené de New York avec lui. Il avait beau être anglais de naissance et faire montre de manières irréprochables, je ne pouvais me défendre d'une vague méfiance à son égard.

J'étais à Hatton Chase depuis trois semaines et il ne s'était encore produit aucun incident susceptible d'étayer notre théorie. Aucun signe de l'activité des Quatre. Mr Ryland était certes un homme d'une puissance et d'une personnalité écrasantes, mais je commençais à croire que Poirot faisait fausse route en le croyant complice de cette redoutable organisation. Un soir, à dîner, j'entendis Mr Ryland mentionner dans le courant de la conversation le nom du détective :

— Un petit bonhomme formidable, d'après la rumeur. Mais moi, je dis que c'est un dégonflé ! Comment je le sais ? Je lui ai proposé une affaire, et il s'est défilé à la dernière minute. Ne me parlez plus de votre Hercule Poirot !

Dans ces moments-là, je trouvais mes tampons d'ouate dans les joues particulièrement gênants !

Un jour que Ryland s'était rendu à Londres pour la journée, accompagné d'Appleby, miss Martin me raconta une histoire assez curieuse. Nous venions de prendre le thé et nous flânions ensemble dans le jardin. J'aimais beaucoup cette jeune fille, simple et naturelle.

Je voyais bien que quelque chose la tracassait, et elle finit par s'en ouvrir à moi.

— Vous savez, major Neville, dit-elle, j'envisage très sérieusement de démissionner.

Devant mon air plutôt surpris, elle ajouta précipitamment :

— Oh ! c'est un emploi merveilleux, d'un certain point de vue. La plupart des gens me trouveraient folle de vouloir le quitter. Mais je ne supporte pas la grossièreté, major Neville. Je ne peux pas tolérer de me faire abreuver d'injures. Aucun gentleman digne de ce nom ne se conduirait ainsi.

— Mr Ryland vous a insultée ?

Elle hocha la tête.

— Remarquez, dit-elle, il est toujours assez irritable et soupe-au-lait. Sur ce point, on sait à quoi s'en tenir ; cela fait partie du travail. Mais se mettre dans une fureur pareille... et pour une peccadille, en plus ! Franchement, à le voir, j'ai cru un instant qu'il allait me tuer ! Et tout ça pour une broutille, je vous assure.

— Si vous me racontiez l'incident ? lui dis-je, vivement intéressé.

— Comme vous le savez, j'ouvre toutes les lettres de Mr Ryland. J'en donne certaines à Mr Appleby et je m'occupe des autres, mais c'est moi qui fais le tri. Or, parmi ces lettres, il en arrive parfois qui sont écrites sur du papier bleu, avec un petit « 4 » inscrit dans l'angle...

— Je vous demande pardon ?

Je n'avais pu réprimer une exclamation étouffée, mais je la suppliai de poursuivre.

— Donc, reprit-elle, quand je reçois des lettres de ce genre, j'ai la consigne formelle de ne pas les décacheter et de les remettre en main propre à Mr Ryland. Ce que je fais scrupuleusement. Mais hier matin, il y a eu un courrier beaucoup plus important que d'habitude ; je l'ai dépouillé à toute allure et, dans ma hâte, j'ai ouvert une de ces fameuses lettres. En constatant mon erreur, je suis aussitôt allée voir Mr Ryland pour lui expliquer ce qui s'était passé. À ma stupeur, il s'est mis dans une rage absolument folle. J'ai eu très peur, je vous prie de me croire !

— Qu'y avait-il donc dans cette lettre pour le contrarier à ce point ?

— Absolument rien, c'est ça le plus étrange. J'ai eu le temps de la lire avant de m'apercevoir de mon erreur. Elle était très courte : je me la rappelle encore mot pour mot, et il n'y avait vraiment pas de quoi se mettre dans des états pareils.

— Vous vous en souvenez, dites-vous ? glissai-je d'un ton encourageant.

— Oui.

Elle réfléchit quelques instants, puis récita le texte lentement, tandis que je le notais discrètement au fur et à mesure :

Monsieur,

Il serait urgent, selon moi, que vous alliez sur place voir cette propriété. La carrière est vendue conjointement. Seize mille livres. Commission : onze pour cent ou quatre pour cent, suivant le mode de paiement.

Sincèrement vôtre,
Arthur Leversham.

Miss Martin poursuivit :

— Il s'agit manifestement d'une propriété que Mr Ryland songe à acheter. Quoi qu'il en soit, je considère qu'un homme capable de se mettre en rage pour une chose aussi insignifiante est... oui, dangereux. À votre avis, major Neville, que dois-je faire ? Vous avez plus d'expérience que moi.

J'apaisai la jeune fille : sans doute Mr Ryland avait-il

simplement eu une crise de dyspepsie, maladie qui menace tous les gens de sa race. Au bout d'un moment, elle me quitta tout à fait rassérénée. Pour ma part, j'étais beaucoup moins satisfait. Une fois seul, je sortis mon carnet et relus le texte noté à la hâte. Que pouvait-elle bien signifier, cette lettre d'apparence anodine ? Concernait-elle une affaire que Ryland était en train de négocier ? Une affaire qu'il souhaitait garder secrète tant qu'elle n'avait pas abouti ? C'était une possibilité. Mais n'y avait-il pas ce petit « 4 » au coin des enveloppes ? Je tenais enfin une piste, je le sentais.

Je passai toute la soirée et la plus grande partie de la journée du lendemain à étudier la lettre, essayant de déchiffrer le message. Et tout à coup, la solution m'apparut, toute simple : la clef, c'était le chiffre « 4 ». Quand on lisait un mot sur quatre, on obtenait un message entièrement différent : *Urgent vous voir carrière seize onze quatre.*

La signification des chiffres se devinait sans peine. « Seize » c'était le 16 octobre, c'est-à-dire le lendemain ; « onze », c'était l'heure (matin ? soir ? certainement le soir) ; enfin, « quatre » était soit la signature du mystérieux Numéro Quatre en personne, soit la « marque » des Quatre Grands. Pas de problème non plus pour la « carrière ». Il y avait sur la propriété une grande carrière abandonnée, à environ huit cents mètres du manoir : un endroit isolé, idéal pour un rendez-vous secret.

Sur le moment, je fus tenté de prendre les choses en main moi-même. J'aurais tellement aimé, pour une fois, avoir le plaisir de marquer un point sur Poirot !

Mais je finis par repousser la tentation. L'enjeu était trop important ; je n'avais pas le droit de faire cavalier seul au risque de compromettre nos chances de succès. Pour la première fois, n'avions-nous pas une longueur d'avance sur nos ennemis ? Il fallait exploiter cet avantage au maximum. Et j'étais bien obligé de me rendre à l'évidence : de nous deux, c'était Poirot le plus intelligent.

Je lui écrivis aussitôt pour lui exposer les faits et lui expliquer que nous devions à tout prix espionner cette rencontre. S'il voulait que je m'en occupe, parfait, mais je lui indiquai néanmoins en détail comment aller de la gare à la carrière, pour le cas où il jugerait préférable d'assister à l'entrevue en personne.

Je portai la lettre au village et la glissai moi-même dans la boîte. Je correspondais régulièrement avec Poirot depuis mon arrivée, mais lui ne m'écrivait pas ; nous en avions décidé ainsi pour éviter des indiscrétions si jamais on lisait mon courrier.

Je vis arriver la soirée du lendemain avec une intense excitation. Il n'y avait pas d'invités au manoir ; après le dîner, je fus occupé avec Mr Ryland dans son cabinet de travail. J'avais prévu que tel serait le cas, et je n'avais donc pas espéré un instant pouvoir aller chercher Poirot à la gare. En revanche, je ne doutais pas d'être congédié bien avant 11 heures.

Effectivement, vers 10 heures et demie, Mr Ryland jeta un coup d'œil sur la pendule et m'annonça qu'il en avait « assez fait ». Saisissant l'allusion, je me retirai discrètement. Je montai dans ma chambre comme pour me coucher, puis redescendis sans bruit par l'escalier de service et sortis dans le jardin, non sans avoir pris la précaution d'endosser un pardessus foncé pour dissimuler mon plastron blanc.

J'avais parcouru une certaine distance quand je regardai par-dessus mon épaule, juste à temps : Mr Ryland sortait dans le jardin par la porte-fenêtre de son cabinet. Il allait à son rendez-vous. J'accélérai l'allure afin de conserver une bonne avance, et j'arrivai essoufflé à la carrière. Il n'y avait apparemment personne dans les environs ; je me glissai en rampant dans un épais buisson et attendis la suite.

Dix minutes plus tard, à 11 heures pile, Ryland survint à son tour, le chapeau rabattu sur les yeux, l'inévitable cigare à la bouche. Après un rapide coup d'œil circulaire, il s'enfonça dans la cuvette que formait la carrière. J'entendis bientôt un murmure de voix s'élever vers moi. De toute évidence, l'autre homme — ou les autres — était déjà arrivé. Sorti des buissons avec précaution, centimètre par centimètre, soucieux de ne faire aucun bruit, je descendis en rampant le petit sentier abrupt. À présent, seul un gros rocher me séparait des hommes en pleine discussion. À l'abri dans l'obscurité, je pointai la tête... et me retrouvai face à la gueule noire d'un sinistre automatique !

— Les mains en l'air ! ordonna Mr Ryland d'un ton bref. Je vous attendais.

Il était assis à l'ombre du rocher, de sorte que je ne voyais pas son visage, mais la menace qui perçait dans sa voix n'avait rien de plaisant. Je sentis sur ma nuque le contact froid d'un objet métallique, et Ryland abaissa son pistolet.

— Parfait, George, dit-il avec son accent américain. Amenez-le par ici.

Rageant intérieurement, je me laissai entraîner au cœur des ombres, où l'invisible George — que je soupçonnai d'être l'impeccable Deaves — me bâillonna et me ligota solidement.

Lorsque Ryland reprit la parole, j'eus du mal à reconnaître sa voix tant elle était froide et menaçante :

— Maintenant, c'est la fin pour vous deux. Vous avez provoqué les Quatre une fois de trop. Vous savez ce qu'est un éboulement ? Il y en a eu un ici même voici deux ans. Et il va y en avoir un autre ce soir. J'ai pris mes dispositions en ce sens. Dites donc, votre fameux ami n'est pas très ponctuel à ses rendez-vous.

Une vague d'horreur me submergea. Poirot ! Dans une minute, il allait se jeter dans la gueule du loup sans que je puisse le mettre en garde. Je ne pouvais que prier le ciel qu'il ait décidé de me laisser faire et de rester à Londres. S'il avait eu l'intention de venir, il aurait sûrement déjà été là.

À mesure que les minutes s'égrenaient, mes espoirs augmentaient.

Soudain, ils furent réduits à néant. J'entendis des pas, prudents mais néanmoins perceptibles. Je me tortillai comme un ver, impuissant, au supplice. Les pas descendirent le sentier, s'arrêtèrent. Enfin Poirot parut, la tête un peu penchée de côté pour scruter les ombres.

J'entendis le grondement de satisfaction de Ryland quand il leva son gros automatique en criant :

— Haut les mains !

Deaves s'élança pour couper la retraite à Poirot. Le piège s'était refermé.

— Ravi de faire votre connaissance, Mr Hercule Poirot, dit l'Américain d'un air mauvais.

Poirot fit preuve d'un sang-froid extraordinaire : il ne manifesta pas la moindre émotion. Je le vis néanmoins fouiller les ombres du regard.

— Mon ami ? Il est ici ?

— Oui, vous êtes pris tous les deux... pris au piège des Quatre Grands ! dit l'Américain en éclatant de rire.

— Un piège ? s'enquit Poirot.

— Je vous signale que vous êtes tombé dedans, au cas où vous ne l'auriez pas remarqué.

— Je vois qu'il y a piège, oui, dit Poirot d'une voix douce. Mais vous êtes dans l'erreur, cher monsieur. C'est *vous* qui êtes dedans, pas moi ni mon ami.

— Quoi ?

Ryland leva son automatique, mais je vis une lueur d'hésitation dans son regard.

— Si vous tirez, reprit le détective, vous commettrez un meurtre sous les yeux de dix témoins, et vous serez pendu. Cet endroit est cerné par les hommes de Scotland Yard depuis une heure. Échec et mat, Mr Abe Ryland.

Il émit un sifflement bizarre et, comme par enchantement, des hommes en uniforme envahirent la carrière. Ils s'emparèrent de Ryland et du valet, qu'ils désarmèrent. Après avoir échangé quelques mots avec le policier qui dirigeait l'opération, Poirot me prit par le bras et m'entraîna à l'écart.

Dès que nous fûmes sortis de la carrière, il m'étreignit avec fougue.

— Vous êtes vivant, vous n'avez pas de mal... C'est superbe ! Souvent, je me suis reproché de vous avoir laissé partir.

— Je vais parfaitement bien, lui dis-je en me dégageant, mais je suis un peu dépassé par les événements. Vous êtes bien tombé dans leur traquenard, non ?

— Je l'attendais, bien au contraire ! Pour quelle autre raison vous ai-je permis de venir ici ? Votre faux nom, votre déguisement... tout cela n'était pas du tout destiné à les tromper !

— Quoi ? m'écriai-je. Et vous ne m'en avez rien dit !

— Comme je vous l'ai fréquemment expliqué, Hastings, vous avez une nature si droite, si honnête, que vous ne pouvez pas tromper les autres si vous n'êtes pas trompé vous-même... Bon, donc, ils vous repèrent tout de suite, et ils font ce que j'avais prévu : ils vous utilisent comme appât. C'était une certitude mathématique, pour quelqu'un qui sait se servir de ses cellules grises. Ils mettent la fille dans le coup... À propos, mon ami, une question intéressante sur le plan psychologique : est-elle rousse ?

— Si vous voulez parler de miss Martin, dis-je avec froideur, elle a des cheveux d'une délicate teinte auburn, mais...

— Ils sont fantastiques, ces gens-là ! Ils ont même étudié vos goûts. Oh ! oui, mon bon ami, miss Martin faisait partie du complot, et comment ! Elle vous raconte son histoire sur la colère de Mr Ryland, vous répète le texte de la lettre ; vous le notez et vous triturez vos méninges pour résoudre le casse-tête, qui est très bien conçu : difficile, mais pas trop. Vous trouvez la solution, et vous me faites venir.

» Mais ce qu'ils ne savent pas, c'est que j'attends précisément cela. Je cours trouver Japp et je m'arrange avec lui. Ensuite, comme vous voyez, c'est le triomphe !

Je n'étais pas particulièrement content de la conduite de Poirot en cette affaire, et je le lui fis savoir. Nous regagnâmes Londres par le train du lait, aux premières heures de la matinée, dans une atmosphère pesante.

Je sortais de mon bain et songeais avec délices à mon petit déjeuner lorsque j'entendis dans le salon la voix de Japp. Enfilant un peignoir, j'allai aux nouvelles.

— Grâce à vous, disait Japp, nous nous sommes bien couverts de ridicule ! C'est indigne de vous, môssieu Poirot. C'est la première fois que je vous vois prendre une pareille gamelle.

La tête de Poirot valait le coup d'œil. Japp reprit :

— Nous étions tous là à prendre au sérieux cette histoire de Main Noire, alors que c'était un canular du valet de pied !

— Le valet de pied ? hoquetai-je.

— Oui. James, ou je ne sais plus quel nom.

Apparemment, il avait parié avec les autres domestiques qu'il pourrait se faire passer pour le vieux Ryland auprès de Son Altesse — c'est-à-dire vous, capitaine Hastings — et vous faire avaler un tas de bobards à propos d'une bande d'espions baptisée « les Quatre Grands ».

— Impossible ! m'écriai-je.

— N'allez pas croire ça. J'ai conduit notre gentleman tout droit à Hatton Chase, où j'ai trouvé le vrai Ryland paisiblement endormi dans son lit. Le majordome, le cuisinier et je ne sais combien d'autres domestiques ont confirmé l'histoire du pari. C'était une farce stupide, rien de plus, et le valet de chambre était dans le coup aussi.

— Voilà donc pourquoi il est resté dans l'ombre, murmura Poirot.

Après le départ de Japp, nous nous regardâmes. Au bout d'un moment, Poirot déclara :

— Nous *savons*, Hastings. Le Numéro Deux des Quatre Grands est Abe Ryland. La mise en scène du valet de pied était un recours en cas d'urgence. Et ce valet de pied...

— Oui ? dis-je dans un souffle.

— *C'est le Numéro Quatre*, dit gravement Poirot.

9

LE MYSTÈRE DU JASMIN JAUNE

C'était bien joli de répéter, comme Poirot, que nous ne cessions d'acquérir des renseignements et de mieux comprendre la mentalité de nos adversaires, mais j'éprouvais personnellement le besoin de remporter des victoires plus tangibles.

Depuis que nous étions engagés dans notre duel contre les Quatre, ils avaient commis deux meurtres, kidnappé Halliday et avaient été à deux doigts de nous tuer, Poirot et moi. De notre côté, nous n'avions même pas marqué un point.

Poirot prenait mes récriminations à la légère :

— Pour le moment, Hastings, ils rient, c'est vrai. Mais comme dit le proverbe : « Rira bien qui rira le dernier. » Vous verrez qui rira le dernier, mon bon ami. Rappelez-vous, en outre, que nous n'affrontons pas un criminel ordinaire mais la deuxième intelligence du monde.

Je m'abstins de flatter sa vanité en lui posant la question qu'il attendait. J'en connaissais la réponse — ou, plus exactement, je savais quelle serait *sa* réponse. J'essayai donc plutôt — sans succès — de le faire parler des dispositions qu'il prenait pour débusquer l'ennemi. Comme d'habitude, il ne m'avait pas tenu au courant de ses démarches, mais je croyais savoir qu'il était en contact avec des agents des services secrets indiens, chinois et russes, et je devinais — d'après les louanges dithyrambiques qu'il s'adressait à l'occasion — qu'il progressait au moins dans son jeu favori qui consistait à jauger la mentalité de l'ennemi.

Il avait presque totalement abandonné ses enquêtes privées et je sais qu'il refusa, à cette époque, des honoraires particulièrement alléchants. Il lui arrivait bien, parfois, d'enquêter sur des affaires qui l'intriguaient, mais il s'en désintéressait dès qu'il avait acquis la conviction qu'elles n'avaient aucun rapport avec les activités des Quatre Grands.

Notre ami l'inspecteur Japp était le grand bénéficiaire de cette façon d'agir. En effet, ne se vit-il pas attribuer de nombreux lauriers pour avoir résolu des problèmes où son succès devait tout, en réalité, aux indications que condescendait à lui fournir Poirot ?

En échange de ces services, Japp renseignait en détail le petit Belge sur toute affaire susceptible de l'intéresser. Ainsi, lorsqu'il fut chargé de ce que les journaux appelèrent « Le Mystère du Jasmin Jaune », il télégraphia à Poirot pour lui proposer de venir se rendre compte sur place.

Ce fut en réponse à ce télégramme que, environ un mois après mon aventure chez Abe Ryland, nous quittâmes Londres, son brouillard et sa poussière pour prendre un train à destination de Market Handford, petite bourgade du Worcestershire. Nous étions seuls dans notre compartiment.

— Quelle est exactement votre opinion sur cette affaire, Hastings ? demanda Poirot en se carrant dans son coin.

Je ne répondis pas tout de suite ; je ne voulais pas trop m'avancer.

— Elle paraît bien compliquée, dis-je sans me compromettre.

— N'est-ce pas ? répondit Poirot, ravi.

— Si j'en juge d'après notre départ précipité, il est clair que, pour vous, la mort de Mr Paynter n'est ni un suicide ni un accident, mais bel et bien un meurtre ?

— Non, non, vous me comprenez mal, Hastings. Même si on admet que Mr Paynter est mort des suites d'un accident particulièrement affreux, il reste certains points mystérieux à éclaircir.

— C'est bien ce que je disais : l'affaire est très compliquée.

— Reprenons les faits principaux avec calme et méthode. Récapitulez-moi l'histoire de façon claire et logique, Hastings.

J'attaquai mon récit, avec le plus de clarté et de logique possible.

— Commençons par Mr Paynter. C'est un homme de cinquante-cinq ans, riche, cultivé, une sorte de globe-trotter. Ces douze dernières années, il a passé peu de temps en Angleterre ; mais un beau jour, fatigué de voyager sans arrêt, il achète une petite propriété dans le Worcestershire, près de Market Handford, dans le but de se fixer. Son premier geste est d'écrire à l'unique parent qui lui reste, Gerald Paynter — le fils de son plus jeune frère — pour lui suggérer de venir habiter avec lui à Croftlands (c'est le nom de la propriété). Jeune artiste sans le sou, Gerald Paynter s'empresse d'accepter. Il vit avec son oncle depuis sept mois lorsque survient la tragédie.

— Votre style narratif est remarquable, intervint Poirot. En vous écoutant, je me disais : « Ce n'est pas mon ami Hastings qui parle, c'est un livre ! »

Sans relever cette interruption, je poursuivis, emporté par mon récit :

— Mr Paynter avait un personnel important à Croftlands : six domestiques en plus de son valet de chambre chinois, Ah Ling.

— Son valet de chambre chinois, Ah Ling..., répéta Poirot dans un murmure.

— Mardi dernier, après le dîner, Mr Paynter se déclare souffrant et envoie l'un des domestiques chercher le médecin. Mr Paynter, qui a refusé de se coucher, reçoit ledit toubib dans son cabinet de travail. Sur le moment, on n'a pas su ce que les deux hommes s'étaient dit. Mais avant de partir, le Dr Quentin convoque la gouvernante pour lui dire qu'il a fait une piqûre à Mr Paynter, car celui-ci a le cœur très faible. Il demande instamment qu'on ne dérange pas le malade, puis il commence à poser des questions un peu bizarres à propos des domestiques : depuis combien de temps ils travaillent pour Mr Paynter, qui les a recommandés, etc.

» La gouvernante répond de son mieux, un peu étonnée quand même par cet interrogatoire. Et c'est le lendemain matin qu'a lieu l'horrible découverte. En descendant, l'une des femmes de chambre sent une écœurante odeur de chair brûlée qui semble provenir du cabinet de travail de son maître. Elle essaie d'entrer, mais la porte est fermée à clef de l'intérieur. Gerald Paynter et le Chinois, accourus à la rescousse, ont tôt fait d'enfoncer la porte. Et là, un spectacle épouvantable les attend : Mr Paynter affalé sur le radiateur à gaz, le visage carbonisé au point d'en être méconnaissable.

» Bien entendu, sur le moment, on ne soupçonne pas qu'il puisse s'agir d'autre chose que d'un effroyable accident. Si quelqu'un est à blâmer, c'est le Dr Quentin qui a administré un narcotique à son patient et l'a laissé dans une situation si dangereuse. Là-dessus intervient une découverte assez curieuse. On trouve par terre un journal qui a glissé des genoux de Mr Paynter, et on constate que des mots ont été griffonnés à l'encre sur la dernière page, d'une main tremblante. Il y a un pupitre près du fauteuil dans lequel Mr Paynter était assis, et l'index de la main droite de la victime est taché d'encre jusqu'à la deuxième phalange. De toute évidence, Mr Paynter, trop faible pour tenir un stylo, a trempé son doigt dans l'encrier pour gribouiller deux mots en travers du journal qu'il tenait ; mais le plus étonnant, ce sont ces mots eux-mêmes : *Jasmin Jaune...* Rien de plus.

» Les murs de Croftlands sont tapissés de jasmin jaune et c'est à cela sans doute que le pauvre agonisant, manifestement en plein délire, aura voulu faire allusion. Mais les journaux, toujours avides d'insolite, montent ce détail en épingle et baptisent l'affaire « Le Mystère du Jasmin Jaune » — alors que, selon toute vraisemblance, ces mots n'ont aucune importance.

— Aucune importance, dites-vous ? releva Poirot. Ma foi, si vous l'affirmez, c'est sans doute exact.

Je le considérai d'un œil soupçonneux, mais ne pus déceler aucune lueur de moquerie dans son regard. Je poursuivis :

— Et nous en arrivons maintenant aux surprises de l'enquête.

— C'est là où vous vous léchez les babines, je le sens.

— Dès le début, le Dr Quentin est victime d'un préjugé défavorable. D'abord, ce n'est pas le médecin habituel de Mr Paynter ; il remplace le Dr Bolitho, qui a pris un mois de vacances bien méritées. D'autre part, les gens ont l'impression que sa négligence est la cause directe de l'accident. Mais il fait une déposition que l'on peut sans risque qualifier de sensationnelle. Apparemment, la santé de Mr Paynter n'avait cessé de se détériorer depuis son arrivée à Croftlands et il était soigné depuis quelque temps par le Dr Bolitho. Quand le Dr Quentin a pris le relais de son collègue, il a été dérouté par certains symptômes que présentait son patient. Il ne l'avait examiné qu'une seule fois avant ce fameux mardi soir où on l'avait fait venir d'urgence après le dîner. Ce soir-là, dès qu'il s'était retrouvé seul avec Mr Paynter, celui-ci lui avait raconté une histoire surprenante. Tout d'abord, il avait déclaré qu'il ne se sentait pas du tout malade, mais que le goût du curry de volaille qu'on lui avait servi au dîner lui avait semblé bizarre. Il avait donc éloigné Ah Ling quelques minutes, sous un prétexte quelconque, pour transvaser le contenu de son assiette dans un bol. Et ce bol, il l'avait remis au médecin en lui donnant pour consigne de le faire analyser.

» Bien que Mr Paynter lui eût affirmé ne pas être souffrant, le médecin l'avait senti très affecté par l'incident, et son cœur s'en ressentait. Il lui avait donc injecté non pas un calmant mais de la strychnine, comme on le fait en pareil cas.

» Voilà, je crois vous avoir tout dit... sauf *le* point crucial de l'affaire : l'analyse a révélé que le curry de volaille contenait suffisamment d'opium en poudre pour tuer deux personnes !

Je me tus.

— Et vos conclusions, Hastings ? demanda tranquillement Poirot.

— Difficile à dire. C'est *peut-être* un accident — auquel cas, le fait qu'on ait tenté d'empoisonner Mr Paynter ce même soir serait une simple coïncidence.

— Mais vous ne le pensez pas ? Vous préférez croire... au meurtre !

— Pas vous ?

— Mon bon ami, nous ne raisonnons pas de la même façon, vous et moi. Je n'essaie pas de choisir entre deux solutions opposées, meurtre ou accident ; cela viendra quand nous aurons résolu l'autre problème : le mystère du « Jasmin Jaune ». Au fait, vous avez oublié un détail sur ce point.

— Vous voulez parler des deux traits à angle droit qu'on distingue faiblement sous les mots ? Je ne pensais pas qu'ils puissent avoir le moindre rapport avec le reste.

— Ce que vous pensez est toujours très important pour vous, Hastings... Mais passons du Mystère du Jasmin Jaune au Mystère du Curry de Volaille.

— Oui. Qui a mis le poison dedans ? Pourquoi ? On peut se poser cent questions. C'est Ah Ling qui l'a préparé, mais pourquoi aurait-il voulu tuer son maître ? Est-il membre d'un *tong* ou d'une secte quelconque ? On voit ce genre de choses dans les journaux. Peut-être existe-t-il un *tong* du Jasmin Jaune ? Et puis il y aussi Gerald Paynter...

Je marquai une pause significative.

— Oui, murmura Poirot. Il y a Gerald Paynter, comme vous le soulignez. C'est l'héritier de son oncle. Mais il a dîné dehors ce soir-là.

— Il a peut-être eu l'occasion d'empoisonner certains ingrédients du curry de volaille. Et naturellement, il s'est arrangé pour ne pas être là afin de ne pas avoir à manger de ce plat.

J'eus l'impression que mon raisonnement impressionnait Poirot. Il me regarda avec une attention respectueuse qu'il ne m'avait pas accordée jusque-là.

— Il rentre tard, continuai-je, suivant le fil de mon hypothèse. Il voit de la lumière dans le cabinet de travail de son oncle. Il entre et, constatant que son plan a échoué, pousse son oncle sur le radiateur à gaz.

— Mr Paynter était un homme de cinquante-cinq ans, plein de vigueur, Hastings. Il ne se serait pas laissé brûler à mort sans se débattre. Cette reconstitution ne tient pas debout.

— Parfait, Poirot ! m'exclamai-je. Nous sommes près de la solution, semble-t-il. Écoutons donc votre théorie.

Poirot me lança un sourire, bomba le torse et expliqua d'un air pompeux :

— S'il s'agit d'un meurtre, une question s'impose : pourquoi choisir cette méthode si particulière ? Je ne vois qu'une seule explication : brouiller la piste sur l'identité de la victime, puisque le visage carbonisé est impossible à identifier.

— Quoi ? Vous pensez donc que...

— Un peu de patience, Hastings. J'allais vous dire que *j'examine* cette théorie. Y a-t-il des raisons de croire que le cadavre n'est pas celui de Mr Paynter ? Se peut-il que ce soit le corps de quelqu'un d'autre ? J'étudie ces deux questions et, finalement, je réponds que non.

— Ah ? fis-je, désappointé. Alors ?

Les yeux de Poirot pétillèrent.

— Alors, je me dis : « Puisqu'il y a là quelque chose que je ne comprends pas, il me faut mener ma petite enquête. Je ne dois pas me laisser absorber complètement par les Quatre Grands. » Ah ! nous arrivons en gare. Ma brosse à habits, où se cache-t-elle... ? Ah ! la voici. Voulez-vous me brosser, mon bon ami ? Je vous rendrai le même service.

Après un silence, Poirot poursuivit d'un air pensif, tout en rangeant la brosse dans sa valise :

— Oui, on ne doit pas être obsédé par une idée fixe. Ce danger m'a guetté. Figurez-vous qu'il me guette encore, mon bon ami, même dans la présente affaire. Ces deux traits dont vous parliez — un trait vertical et un autre à angle droit —, que peuvent-ils représenter sinon l'esquisse d'un « 4 » ?

— Quelle idée, Poirot ! m'écriai-je en riant.

— Absurde, pas vrai ? Je vois la main des Quatre Grands partout. Il est bon que j'exerce mon intelligence sur un problème totalement différent. Tiens ! voici Japp qui vient à notre rencontre.

10

NOTRE ENQUÊTE À CROFTLANDS

L'inspecteur de Scotland Yard nous attendait en effet sur le quai, et il nous réserva un accueil chaleureux

— Voilà une affaire comme vous les aimez, môssieu Poirot. Je me suis dit que ça vous intéresserait d'y regarder de plus près. Un mystère de première bourre, pas vrai ?

Je traduisis aussitôt sa pensée : en fait, Japp était complètement dépassé par la situation et comptait sur Poirot pour le mettre sur la voie.

L'inspecteur nous conduisit en voiture à Croftlands, une maison blanche, carrée, sans prétention. Les murs croulaient sous les plantes grimpantes, parmi lesquelles du jasmin jaune qui se ramifiait en motifs étoilés.

— Il faut qu'il ait perdu la boule pour écrire ça, le pauvre bougre, fit-il observer. Il a peut-être eu des hallucinations et s'est cru dehors...

Poirot le regardait en souriant.

— Quelle hypothèse choisissez-vous, mon brave Japp ? demanda-t-il. Accident ou meurtre ?

L'inspecteur parut un peu embarrassé.

— Eh bien... s'il n'y avait pas l'histoire du curry, j'opterais à tous les coups pour l'accident. Ça paraît invraisemblable de maintenir la tête d'un homme vivant sur la grille d'un radiateur à gaz... il pousserait des cris à faire crouler la maison !

— Ah ! fit Poirot d'une voix grave. Idiot que je suis, triple imbécile ! Vous êtes un homme plus intelligent que moi, Japp.

Ce compliment ne manqua pas de surprendre Japp, car Poirot, d'ordinaire, réservait exclusivement ses éloges à sa propre personne. L'inspecteur, rougissant, exprima ses doutes sur cette assertion.

Il nous emmena dans le cabinet de travail de Mr Paynter, où s'était déroulée la tragédie. C'était une vaste pièce, basse de plafond, meublée de grands fauteuils de cuir et tapissée de livres.

Poirot tourna aussitôt son attention vers la fenêtre qui donnait sur une terrasse gravillonnée.

— Cette fenêtre, elle n'était pas verrouillée ? demanda-t-il.

— Tout le problème est là, évidemment. Quand le

médecin est sorti de la pièce, il a simplement tiré la porte derrière lui. Or, le lendemain, celle-ci était fermée à clef. Qui a tourné la clef dans la serrure ? Mr Paynter ? D'après Ah Ling, la fenêtre était bloquée. Le Dr Quentin, lui, croit se rappeler que le châssis était seulement baissé. Pas verrouillé. Mais il n'en jurerait pas. Je voudrais bien qu'il ait une certitude dans un sens ou dans l'autre ; ça ferait une grande différence. S'il s'agit d'un meurtre, l'assassin est entré soit par la porte, soit par la fenêtre : dans la première hypothèse, c'est l'un des occupants de la maison qui a fait le coup ; dans la seconde, ça peut être n'importe qui. Sitôt la porte enfoncée, l'une des bonnes a ouvert la fenêtre, et elle prétend que le châssis n'était pas bloqué. Mais c'est un témoin qui ne vaut pas cher ; elle est prête à se rappeler tout ce que vous voulez !

— Et la clef ?

— Bonne question. Elle était par terre, au milieu des débris de la porte. Est-elle tombée de la serrure, a-t-elle été jetée là par l'une des personnes qui sont entrées, ou bien encore, a-t-elle été glissée — de l'extérieur — sous la porte ?

— Au fond, tout est hypothétique.

— Vous avez pigé, môssieu Poirot. C'est exactement ça.

Poirot regardait autour de lui d'un air malheureux.

— Je n'ai pas d'illumination, murmura-t-il. À l'instant... oui, j'ai eu une faible lueur, mais c'est de nouveau l'obscurité. Il manque l'élément principal — le mobile.

— Le jeune Gerald Paynter avait un mobile tout trouvé, fit observer Japp, la mine farouche. Il n'y a pas si longtemps, c'était une véritable tête brûlée, je peux vous le dire. En plus, il jetait l'argent par les fenêtres.

Et puis vous savez comment ils sont, ces artistes : aucune moralité.

Poirot ne prêta guère attention aux critiques hâtives de Japp sur le tempérament artistique. Il se contenta de sourire d'un air entendu.

— Mon brave Japp, est-il possible que vous cherchiez à m'égarer ? Je sais très bien que c'est le Chinois que vous soupçonnez. Mais vous êtes machiavélique. Vous voulez que je vous aide, et vous tentez néanmoins de brouiller la piste.

Japp éclata de rire.

— Ça, c'est tout vous, môssieu Poirot ! Oui, c'est vrai, je mise sur le Chinetoque. Selon toute logique, c'est lui qui a empoisonné le curry ; et s'il a essayé une fois dans la soirée de liquider son maître, il a bien pu réitérer son coup.

— Je me le demande..., dit doucement Poirot.

— Ce qui me laisse perplexe, c'est le mobile : vengeance de barbare, je suppose.

— Je me le demande..., répéta Poirot. Il n'y a pas eu de cambriolage ? Rien n'a disparu ? Bijoux, argent, documents ?

— Non... enfin, pas exactement.

Je dressai l'oreille. Poirot aussi.

— Il n'y a pas eu cambriolage à proprement parler, expliqua Japp. Mais il se trouve que Mr Paynter écrivait un livre : nous l'avons appris ce matin, par une lettre de ses éditeurs lui demandant où en était le manuscrit. Apparemment, il venait de le terminer. Nous l'avons cherché de la cave au grenier, le jeune Paynter et moi, mais nous n'en avons pas trouvé trace. Il a dû le cacher je ne sais où.

Dans les yeux de Poirot brillait la lueur verte que je connaissais bien.

— Quel était le titre de ce livre ? demanda-t-il.

— *La Main Occulte de la Chine*, je crois.

Poirot émit une sorte de hoquet.

— Tiens, tiens ! Il faut que je voie le Chinois.

On alla chercher Ah Ling qui arriva en traînant les pieds, les yeux baissés, sa natte se balançant au rythme de ses pas. Son visage impassible ne trahissait pas la moindre émotion.

— Ah Ling, dit Poirot, regrettez-vous la mort de votre maître ?

— Beaucoup regretter. Bon maître.

— Vous savez qui l'a tué ?

— Pas savoir. Si oui, dire policier.

Les questions et les réponses se succédèrent. Toujours imperturbable, Ah Ling expliqua comment il avait préparé le curry de volaille. La cuisinière ne s'en était pas occupée, affirma-t-il ; aucune autre main que la sienne n'y avait touché. Je me demandai s'il se rendait compte de la portée de cette déclaration. Il persista également à soutenir que la fenêtre donnant sur le jardin était verrouillée le fameux soir. Si elle était ouverte le lendemain matin, c'était son maître qui avait dû l'ouvrir.

— Ce sera tout, Ah Ling, dit finalement Poirot.

Le Chinois était arrivé à la porte quand le détective le rappela :

— Et vous ne savez rien, dites-vous, du « Jasmin Jaune » ?

— Non. Savoir quoi ?

— Rien non plus du signe qui était écrit au-dessous ?

Tout en parlant, Poirot se pencha en avant et, très vite, traça quelque chose sur une table basse couverte d'une fine couche de poussière. J'étais assez près pour voir le dessin avant qu'il ne l'efface : un trait vertical, un trait à angle droit, puis une petite barre pour former un grand « 4 ». Ce fut comme si le Chinois avait reçu une décharge électrique ; l'espace d'un instant, son visage ne fut plus qu'un masque de terreur. Puis, tout aussi subitement, il recouvra son impassibilité, répondit de nouveau par la négative, puis se retira.

Me laissant seul avec Poirot, Japp se mit en quête du jeune Paynter.

— Les Quatre, Hastings ! s'écria le détective. Encore eux ! Paynter était un grand voyageur ; son livre contenait sûrement des informations vitales concernant le Numéro Un, Li Chang Yen — le cerveau des Quatre Grands.

— Mais qui... que... comment... ?

— Chut ! Les voilà.

Gerald Paynter était un jeune homme aimable, d'allure un peu nonchalante. Il arborait une soyeuse barbe brune et une cravate bouffante des plus bizarres. Il répondit aux questions de Poirot sans se faire prier.

— Mardi dernier, j'ai dîné chez des voisins, les Wycherley. À quelle heure je suis rentré ? Ma foi... vers 11 heures. J'avais ma clef. Tous les domestiques étaient couchés, et j'ai cru tout naturellement que mon oncle en avait fait autant. Il m'a semblé voir Ah Ling disparaître sur la pointe des pieds à l'angle du hall, mais j'ai dû me tromper.

— Quand aviez-vous vu votre oncle pour la dernière fois, Mr Paynter ? Je veux dire... avant de venir habiter avec lui ?

— Oh ! je devais avoir dix ans. Mon père et lui étaient brouillés.

— Mais malgré les années passées, il vous a retrouvé avec très peu de difficulté, n'est-ce pas ?

— Oui, j'ai eu de la chance de tomber sur l'annonce du notaire.

Poirot arrêta là son interrogatoire.

Nous allâmes ensuite voir le Dr Quentin, qui nous répéta en substance ce qu'il avait dit à l'enquête ; il n'avait pas grand-chose à ajouter. Il nous reçut dans son cabinet, car il venait de terminer ses consultations. Il donnait l'impression d'un homme intelligent. Ses manières un peu compassées s'accordaient bien avec son pince-nez, mais je subodorai qu'il devait être résolument moderne dans ses méthodes.

— Je voudrais bien me rappeler si cette fenêtre était verrouillée ou non, dit-il avec franchise, mais c'est dangereux d'essayer de se souvenir : on en arrive à tenir pour certaines des choses qui n'ont jamais existé. Ça, c'est de la psychologie, n'est-ce pas, Mr Poirot ? Vous savez, j'ai lu tous les articles concernant vos méthodes, et je peux dire que je suis un de vos plus fervents admirateurs... Non, il est quasiment certain que c'est le Chinois qui a mis la poudre d'opium dans le curry, mais il ne l'avouera jamais et nous ignorerons toujours le mobile de son geste. En revanche, je le vois mal tuer un homme en le faisant brûler sur un radiateur à gaz ; cela ne me semble pas correspondre au caractère de notre ami chinois.

Je commentai ce dernier point avec Poirot tandis que nous descendions à pied la rue principale de Market Handford.

— Pensez-vous que Ah Ling ait introduit un complice dans la maison ? demandai-je. À ce propos, je suppose que nous pouvons faire confiance à Japp pour tenir le médecin à l'œil ? (L'inspecteur était allé au poste de police pour régler quelques affaires.) Les émissaires des Quatre sont plutôt prompts à la manœuvre.

— Japp les tient à l'œil tous deux, dit Poirot d'un air sombre. Ils sont suivis comme par leur ombre depuis l'instant où le cadavre a été découvert.

— En tout cas, *nous* savons que Gerald Paynter n'a rien à voir dans le meurtre.

— Vous en savez toujours tellement plus que moi, Hastings, que cela devient très fatigant.

— Vieux renard ! dis-je en riant. Vous ne voulez jamais vous compromettre.

— Pour être honnête, Hastings, tout est désormais clair dans mon esprit, sauf les mots *Jasmin Jaune*. J'en viens à partager votre opinion : ils n'ont aucun lien avec le crime. Dans une affaire comme celle-ci, il faut déterminer qui ment. Cela, je l'ai fait. Et pourtant...

Soudain, il me quitta précipitamment pour entrer dans une librairie toute proche. Il en ressortit quelques minutes plus tard, un paquet serré sur son cœur. Japp nous rejoignit sur ces entrefaites et nous conduisit à l'auberge pour y retenir des chambres.

Je dormis tard le lendemain matin. Quand je descendis dans le salon qui nous était réservé, j'y trouvai Poirot en train de tourner en rond, le visage crispé par l'anxiété.

— Ne me parlez pas ! s'écria-t-il en agitant nerveusement la main. Je veux d'abord être sûr que tout va bien, qu'on a procédé à l'arrestation. Ah ! que j'ai manqué de psychologie ! Hastings, si un homme à l'agonie écrit un message, c'est parce que c'est important. Tout le monde a dit : « Jasmin Jaune ? Il y a du jasmin jaune sur les murs de la maison... Ce message ne veut rien dire. » En fait, si. Il veut dire exactement ce qu'il dit. (Il brandissait un petit livre.) Mon ami, j'ai pensé qu'il serait bon que je me documente sur le sujet. Qu'est-ce que le jasmin jaune, précisément ? Cet opuscule m'a donné la réponse. Écoutez.

Il lut :

— *Gelsemini Radix*. Jasmin Jaune. Composition : *gelseminine, alcaloïde,* $C_{22}H_{26}N_2O_3$, puissant poison ayant les mêmes effets que la cicutine ; *gelsemine* $C_{12}H_{14}NO_2$, aux effets analogues à ceux de la strychnine ; *acide gelsémique*, etc. Le gelsemium est un puissant dépresseur du système nerveux central. À un stade avancé de son action, il paralyse les terminaisons des nerfs moteurs ; administré en doses importantes, il provoque des vertiges et la perte du tonus musculaire. La mort est entraînée par la paralysie du système respiratoire.

» Vous voyez, Hastings ? J'ai entrevu la vérité quand Japp a souligné la difficulté de maintenir un homme vivant sur un radiateur à gaz. À ce moment-là, j'ai compris que c'était un mort qui brûlait.

— Mais pourquoi ? Dans quel but ?

— Mon bon ami, si vous revolvérisez ou si vous poignardez un homme une fois qu'il est mort, ou même si vous lui donnez un coup sur la tête, il sera évident que les blessures ont été infligées après la mort. Mais si la victime a la tête carbonisée, personne n'ira chercher des raisons obscures pour expliquer le décès. En outre, il est peu vraisemblable qu'un homme venant apparemment d'échapper à une tentative d'empoisonnement au dîner soit de nouveau empoisonné juste après. *Qui* ment ? voilà toujours la question. J'ai décidé de croire Ah Ling...

— Comment ?

— Vous êtes surpris, Hastings ? Ah Ling connaissait l'existence des Quatre Grands, c'était visible — tellement visible qu'il ne savait manifestement pas qu'ils étaient impliqués dans ce meurtre. S'il avait été l'assassin, il aurait gardé un visage parfaitement impassible. J'ai donc décidé de croire Ah Ling, et de reporter mes soupçons sur Gerald Paynter. Il m'a semblé que le Numéro Quatre aurait trouvé très facile de jouer le rôle d'un neveu perdu de vue depuis longtemps.

— Quoi ! Gerald Paynter serait le Numéro Quatre ?

— Non, Hastings, ce n'est *pas* le Numéro Quatre. Dès que j'ai lu la définition du jasmin jaune, j'ai vu la vérité. Elle saute aux yeux, en fait.

— Comme toujours, dis-je froidement, elle ne saute pas aux miens.

— Parce que vous n'utilisez pas vos petites cellules grises. Qui a eu l'occasion d'empoisonner le curry ?

— Ah Ling. Personne d'autre.

— Personne d'autre ? et le *médecin* ?

— Mais ça, c'était *après* !

— Bien sûr, c'était après. Il n'y avait pas une miette d'opium en poudre dans le curry de Mr Paynter ; mais, influencé par le Dr Quentin qui a éveillé ses soupçons, notre homme ne touche pas au plat et garde un échantillon pour le donner à son médecin, qu'il fait appeler comme convenu. Le Dr Quentin arrive, réceptionne le curry et fait une piqûre à Mr Paynter ; il lui injecte non pas de la strychnine, mais du jasmin jaune, en dose mortelle. Quand le poison commence à agir, il s'en va après avoir déverrouillé le châssis de la fenêtre. Puis, dans la nuit, il rentre par la fenêtre, vole le manuscrit et pousse Mr Paynter sur le radiateur à gaz. Il ne remarque pas le journal qui tombe par terre, sous le corps de la victime : Paynter, qui a identifié le poison qu'on lui a administré, s'est démené pour accuser les Quatre Grands de son meurtre.

» Il est facile pour Quentin de mélanger de l'opium en poudre au curry de volaille avant de le faire analyser. Il donne sa version imaginaire de sa conversation avec Paynter, en mentionnant au passage la piqûre de strychnine, pour le cas où on remarquerait la marque de l'aiguille. Il n'y a plus dès lors que deux hypothèses : l'accident ou la culpabilité de Ah Ling, à cause du curry empoisonné.

— Mais le Dr Quentin ne peut tout de même pas être le Numéro Quatre ?

— Je présume que si. Il existe certainement un vrai Dr Quentin, sans doute en voyage à l'étranger. Le Numéro Quatre a simplement pris sa place pour quelque temps. Les négociations avec le Dr Bolitho ont eu lieu par correspondance ; le remplaçant prévu à l'origine étant tombé malade au dernier moment.

À cet instant, Japp fit irruption dans la pièce, le visage congestionné.

— Vous l'avez arrêté ? s'écria Poirot avec anxiété.

Hors d'haleine, Japp secoua la tête.

— Bolitho est rentré de vacances ce matin, rappelé par un télégramme. Personne ne sait qui le lui a envoyé. Quentin, lui, est parti hier soir. Mais nous l'aurons vite rattrapé.

Poirot secoua lentement la tête.

— Je ne pense pas, dit-il en dessinant distraitement sur la table un grand « 4 » avec sa fourchette.

11

UN PROBLÈME D'ÉCHECS

Un soir que nous dînions dans un petit restaurant de Soho où nous avons nos habitudes, Poirot et moi, nous avisâmes un ami installé à une table voisine : l'inspecteur Japp. Comme il y avait de la place à notre table, il vint se joindre à nous. Nous ne l'avions pas vu depuis un bon moment.

— Vous ne passez plus jamais nous voir, lui reprocha Poirot. Nous ne nous sommes pas rencontrés depuis l'affaire du Jasmin Jaune, qui remonte à près d'un mois.

— Je suis allé dans le Nord, voilà l'explication. Et

de votre côté, quoi de neuf ? Les Quatre Grands sont toujours sur la brèche ?

— Ah ! Vous vous moquez de moi... mais les Quatre Grands, ils existent.

— Oh ! je n'en doute pas. Mais ils ne sont pas le centre de l'univers comme vous le prétendez.

— Mon ami, vous faites une lourde erreur. La plus grande puissance du mal, aujourd'hui, ce sont ces « Quatre Grands ». Quel but poursuivent-ils ? Personne ne le sait, mais il n'y a jamais eu d'organisation criminelle comparable, avec à sa tête le plus grand cerveau de Chine, comme membres un milliardaire américain et une savante française, plus un quatrième...

— Je sais, je sais, l'interrompit Japp. C'est votre dada. Ça devient une véritable idée fixe, môssieu Poirot. Parlons d'autre chose, pour changer. Vous vous intéressez aux échecs ?

— J'y ai joué, oui.

— Avez-vous vu cette curieuse histoire qui s'est passée hier ? Un match entre deux joueurs de réputation mondiale, dont l'un est mort au cours de la partie ?

— J'ai lu les articles des journaux. L'un des joueurs était le Pr Savaronov, le champion russe ; l'autre, qui a succombé à une crise cardiaque, était le jeune Gilmour Wilson, le remarquable champion américain.

— Exact. Savaronov est devenu champion de son pays il y a quelques années en battant Rubinstein. Quant à Wilson, on l'appelait « le nouveau Capablanca ».

— Un événement très bizarre, déclara Poirot d'un air rêveur. Si je ne me trompe, l'affaire vous intéresse tout particulièrement ?

Japp émit un petit rire embarrassé.

— Bien vu, môssieu Poirot. Je suis perplexe. Wilson était solide comme un roc ; aucun symptôme de troubles cardiaques. Sa mort est parfaitement inexplicable.

— Vous soupçonnez le Pr Savaronov de l'avoir supprimé ? intervins-je.

— Quand même pas, répondit Japp d'un ton sec. Je ne pense pas qu'un joueur d'échecs — même un Russe — assassinerait son adversaire pour éviter une défaite ; d'autant que, si j'ai bien compris, il partait favori. Le professeur a la réputation d'être un joueur d'exception ; il en remontrerait à Lasker, paraît-il.

— Quelle est votre petite idée, au juste ? demanda Poirot, pensif. Pourquoi aurait-on empoisonné Wilson ? Car vous pensez à un empoisonnement, je suppose.

— Bien entendu. Une crise cardiaque, ça veut dire que le cœur s'arrête subitement de battre, voilà tout. C'est la version officielle du médecin, mais il nous a confié en privé qu'elle ne le satisfaisait pas.

— Quand l'autopsie doit-elle avoir lieu ?

— Ce soir. La mort de Wilson a été extraordinairement soudaine. Il déplaçait l'une de ses pièces, l'air tout à fait normal, du moins apparemment, quand il s'est effondré sur la table, raide mort !

— Il y a très peu de poisons qui agissent de manière aussi foudroyante, objecta Poirot.

— Je sais. L'autopsie nous renseignera, je l'espère. Ce que je voudrais savoir, c'est pourquoi on aurait voulu se débarrasser de Gilmour Wilson. C'était un garçon modeste, inoffensif. Il arrivait juste des States et n'avait — semble-t-il — aucun ennemi au monde.

— Ça paraît incroyable, dis-je.

— Pas du tout, rectifia Poirot en souriant. Japp a sa théorie, je le vois bien.

— En effet. Je crois que le poison n'était pas destiné à Wilson mais à son adversaire.

— Savaronov?

— Oui. Quand la révolution a éclaté, il s'est mis à dos les bolcheviques. On a même annoncé qu'il avait été exécuté. En réalité, il s'était échappé et, pendant trois ans, il a enduré des privations inouïes dans les steppes de Sibérie. Ses souffrances ont été telles qu'il est aujourd'hui méconnaissable. Ses amis et ceux qui l'ont fréquenté autrefois affirment qu'ils l'auraient à peine reconnu. Ses cheveux ont blanchi et il a l'air d'un vieillard. C'est un semi-invalide qui sort rarement ; il vit seul avec une nièce, Sonia Davilov, et un serviteur russe, dans un appartement du côté de Westminster. Il faut croire qu'il se considère encore comme un homme traqué, car il s'est fait beaucoup prier pour accepter ce match d'échecs. À plusieurs reprises, il a opposé une fin de non-recevoir, et il n'a cédé qu'au moment où les journaux s'en sont mêlés, stigmatisant son « manque de sportivité ». Gilmour Wilson lui lançait des défis répétés, avec une obstination typiquement yankee, et il a fini par emporter le morceau. Maintenant, môssieu Poirot, je vous pose la question : pourquoi Savaronov refusait-il ce match ? Parce qu'il ne voulait pas attirer l'attention sur lui. Il ne voulait pas qu'on retrouve sa trace. La voilà, ma solution : Gilmour Wilson s'est fait liquider par erreur.

— Personne n'avait de raisons personnelles de souhaiter la mort de Savaronov?

— Sa nièce, je suppose. Le professeur a récemment hérité une immense fortune d'une certaine Mme Gospoja, dont le mari spéculait sur le sucre sous l'Ancien Régime. Ils avaient eu une liaison autrefois, je crois, et elle refusait mordicus de croire à sa mort.

— Où le match s'est-il déroulé?

— Chez Savaronov. Il est infirme, comme je vous l'ai dit.

— Beaucoup de spectateurs y assistaient ?

— Une bonne douzaine, sans doute plus.

Poirot fit une grimace expressive.

— Mon pauvre Japp, ce n'est pas une tâche facile que vous avez là.

— Dès que j'aurai la preuve que Wilson a été empoisonné, je pourrai agir.

— Avez-vous songé que, si Savaronov était bien la victime désignée, le meurtrier risque de faire une nouvelle tentative d'ici là ?

— Bien sûr. Deux de mes hommes surveillent son appartement.

— Cela sera très utile si quelqu'un arrive avec une bombe sous le bras, déclara Poirot d'un ton caustique.

— L'affaire commence à vous intéresser, hein, Poirot ? dit Japp, les yeux pétillants. Ça vous dirait de venir voir le corps de Wilson à la morgue avant que les médecins le charcutent ? Qui sait ? Son épingle de cravate est peut-être de travers, et cet indice important pourrait vous donner la clef du mystère ?

— Mon cher Japp, pendant tout le dîner, l'envie m'a démangé les doigts de redresser *votre* épingle de cravate. Vous permettez, oui ? Ah ! voilà qui est beaucoup plus agréable pour l'œil. Oui, certainement, allons à la morgue.

Je pus constater que ce nouveau problème accaparait toute l'attention de Poirot. Il y avait bien longtemps qu'il n'avait pas manifesté d'intérêt pour autre chose que les Quatre Grands, aussi fus-je enchanté de le retrouver tel que je l'avais toujours connu.

Pour ma part, je ressentis une profonde pitié à la vue du corps immobile et du visage convulsé de l'infortuné jeune Américain qui avait trouvé la mort dans des conditions si étranges. Poirot examina attentivement le corps. Celui-ci ne portait aucune marque, à part une petite cicatrice à la main gauche.

— D'après le médecin, ce n'est pas une coupure mais une brûlure, expliqua Japp.

Poirot inventoria ensuite le contenu des poches du mort, qu'un agent de police avait disposé devant nous. Il n'y avait pas grand-chose : un mouchoir, des clefs, un calepin bourré de notes, quelques lettres sans importance. Un seul objet retint l'attention de Poirot.

— Une pièce d'échecs ! s'exclama-t-il. Un fou blanc... L'a-t-on trouvé dans sa poche ?

— Non, il le tenait dans sa main crispée. Nous avons eu toutes les peines du monde à lui desserrer les doigts pour le prendre. Il faudra le rendre au Pr Savaronov ; cette pièce fait partie d'un très beau jeu en ivoire sculpté.

— Permettez-moi de la lui rendre moi-même. Cela me fournira un prétexte pour aller le voir.

— Tiens, tiens ! fit Japp. Vous voulez donc vous pencher sur cette affaire ?

— Je l'admets. Vous avez bien manœuvré pour éveiller mon intérêt.

— Parfait ! ça vous changera de votre obsession. Le capitaine Hastings est content, lui aussi, à ce que je vois.

— Et comment ! dis-je en riant.

— Pas d'autres petits détails à me donner sur... sur lui ? demanda Poirot en désignant le corps.

— Je ne pense pas, non.

— Pas même... qu'il était gaucher ?

— Vous êtes un sorcier ! Comment l'avez-vous deviné ? Il était gaucher, en effet. Mais cela n'a rien à voir avec l'affaire.

— Rien du tout, s'empressa de convenir Poirot,

voyant que Japp était un peu froissé. Une petite plaisanterie de ma part, sans plus. J'aime bien vous faire marcher, et vous le savez.

Nous nous séparâmes bons amis.

Le lendemain matin, nous nous rendîmes à Westminster chez le Pr Savaronov.

— Sonia Davilov..., dis-je d'une voix rêveuse. C'est un joli nom.

Poirot s'arrêta pour me lancer un regard accablé.

— Toujours à l'affût d'une idylle ! Vous êtes incurable. Vous serez bien attrapé s'il s'avère que cette Sonia Davilov n'est autre que notre amie et ennemie la comtesse Vera Rossakov.

Je me rembrunis à cette idée.

— Vous ne pensez tout de même pas...

— Mais non, mais non, je plaisantais ! Quoi que dise Japp, je n'ai pas l'esprit occupé à ce point par les Quatre Grands.

Un domestique singulièrement impassible nous ouvrit la porte. On avait du mal à imaginer que ce visage marmoréen pût manifester la moindre émotion.

Poirot présenta une carte de visite sur laquelle Japp avait griffonné quelques mots d'introduction. Le serviteur nous fit entrer dans une longue pièce basse de plafond, décorée de riches tentures et de bibelots. Deux ou trois ravissantes icônes ornaient les murs, et le plancher était recouvert de superbes tapis persans. Un samovar trônait sur une table.

Après avoir examiné de près l'une des icônes, que j'estimai de grande valeur, je me tournai vers Poirot et le trouvai accroupi par terre. Si beau que fût le tapis, il ne me semblait tout de même pas mériter une attention aussi poussée.

— Est-ce donc une pièce si rare ? demandai-je.

— Hein ? Oh ! le tapis ? Mais non, ce n'est pas lui

que je contemplais. C'est pourtant une très belle pièce, beaucoup trop belle pour être percée par un gros clou en plein milieu. Non, Hastings, le clou n'y est plus... mais le trou est là.

Je fis volte-face en entendant un bruit derrière moi, et Poirot bondit sur ses pieds. Une jeune fille se tenait sur le seuil. Ses yeux, braqués sur nous, étaient assombris par la méfiance. De taille moyenne, elle avait un beau visage un peu maussade, des yeux bleu foncé et des cheveux très noirs coupés court. Lorsqu'elle prit la parole, ce fut d'une voix riche et sonore, qui n'avait rien d'anglais :

— Je crains que mon oncle ne puisse vous recevoir. C'est un grand infirme.

— C'est regrettable, mais peut-être aurez-vous l'obligeance de m'aider. Vous êtes Mlle Davilov, n'est-ce pas ?

— Oui, je suis Sonia Davilov. Que désirez-vous savoir ?

— J'enquête sur la triste affaire d'avant-hier soir : la mort, ici même, de Mr Gilmour Wilson. Que pouvez-vous me dire sur ce sujet ?

La jeune fille ouvrit de grands yeux.

— Il est mort d'une crise cardiaque en jouant aux échecs.

— La police n'est pas sûre que ce soit... une crise cardiaque, mademoiselle.

— C'était donc vrai ! s'exclama-t-elle, l'air terrifié. Ivan avait raison.

— Qui est Ivan, et pourquoi dites-vous qu'il avait raison ?

— Ivan est le domestique qui vous a ouvert. Il m'a dit, lui aussi, que Gilmour Wilson n'était pas décédé de mort naturelle ; selon lui, il a été empoisonné par erreur.

— Par erreur...

— Oui. Le poison était destiné à mon oncle.

Elle avait maintenant oublié toute défiance et parlait avec volubilité.

— Que dites-vous là, mademoiselle ? Qui voudrait empoisonner le Pr Savaronov ?

— Je ne sais pas. Je suis désemparée. Et mon oncle ne veut pas me faire confiance. Remarquez, c'est naturel ; il me connaît à peine. Quand je suis venue vivre ici à Londres avec lui, il ne m'avait pas vue depuis que j'étais enfant. Mais je suis sûre qu'il redoute un danger. Nous avons beaucoup de sociétés secrètes en Russie et, un jour, je l'ai entendu dire quelque chose qui m'a donné à penser qu'il craignait particulièrement l'une d'entre elles. (Sonia Davilov s'avança d'un pas et ajouta, baissant la voix :) Dites-moi, monsieur... avez-vous entendu parler d'une société secrète qui s'appelle les « Quatre Grands » ?

Poirot faillit sauter au plafond. Il était tellement stupéfait que les yeux lui sortaient littéralement de la tête.

— Pourquoi est-ce que vous... Que savez-vous des Quatre Grands, mademoiselle ?

— Cette organisation existe donc bien ! J'ai entendu par hasard mon oncle y faire allusion. Quand je l'ai interrogé à ce sujet, plus tard, il est devenu tout blanc et s'est mis à trembler. Jamais je n'avais vu un homme aussi effrayé. Il a peur d'eux, monsieur, très peur, j'en suis sûre. Et, par erreur, ils ont tué l'Américain, Wilson.

— Les Quatre Grands..., murmura Poirot. Toujours les Quatre Grands ! Stupéfiante coïncidence, mademoiselle. Votre oncle est encore en danger. Je dois le sauver. Racontez-moi avec précision le déroulement de cette soirée fatidique. Montrez-moi l'échiquier, la table, comment les deux hommes étaient assis... tout.

Elle alla chercher dans un coin de la pièce une petite table dont le plateau — de toute beauté — était incrusté de carrés noirs et argentés composant un échiquier.

— Voici quelques semaines, un admirateur a envoyé cette table en cadeau à mon oncle, en lui demandant de s'en servir pour son prochain tournoi. Elle était disposée au milieu de la pièce... comme ceci.

Poirot examina la table avec une attention qui me sembla totalement superflue. Il ne menait pas du tout l'enquête comme je l'aurais fait à sa place. Il posa des questions qui, dans l'ensemble, me parurent inutiles ; mais pourquoi n'abordait-il à aucun moment les points vraiment essentiels ? Sans doute la mention inattendue des Quatre Grands lui avait-elle fait perdre ses moyens.

Après avoir observé pendant une minute la table et l'emplacement exact qu'elle avait occupé, il demanda à voir les pièces d'échecs. Sonia Davilov lui apporta la boîte et il en examina une ou deux sans paraître y attacher d'importance.

— Travail exquis, murmura-t-il distraitement.

Toujours aucune question concernant les rafraîchissements qui avaient été servis, les personnes qui assistaient au match...

Je me raclai la gorge d'un air entendu.

— Je pense, Poirot, que...

Il m'interrompit d'un péremptoire :

— Ne pensez pas, mon bon ami. Laissez-moi faire. Mademoiselle, il n'est vraiment pas possible que je voie votre oncle ?

L'ombre d'un sourire apparut sur le visage de la jeune fille.

— Si, il va vous recevoir. C'est mon rôle, vous comprenez, de questionner d'abord tous les inconnus.

Elle disparut. J'entendis un murmure de voix de

l'autre côté de la cloison ; puis, quelques instants plus tard, Sonia Davilov nous invita à passer dans la pièce voisine.

L'homme allongé sur le divan avait un physique imposant : grand, décharné, le sourcil broussailleux et la barbe blanche, il portait sur son visage hagard les stigmates des privations et des épreuves endurées. Le Pr Savaronov était assurément un personnage remarquable. Je notai la forme caractéristique de son crâne, tout en hauteur. Je savais que les grands joueurs d'échecs avaient un cerveau très développé, et ne fus donc nullement surpris que le Pr Savaronov fût le deuxième meilleur joueur du monde.

Poirot s'inclina.

— Professeur, puis-je vous parler en privé ?

Savaronov se tourna vers sa nièce.

— Laisse-nous, Sonia.

Elle se retira docilement.

— Alors, monsieur, de quoi s'agit-il ?

— Pr Savaronov, vous êtes récemment entré en possession d'une énorme fortune. Si jamais vous deviez... mourir subitement, qui hériterait ?

— J'ai fait un testament par lequel je lègue tout à ma nièce, Sonia Davilov. Vous ne suggérez pas... ?

— Je ne suggère rien. Simplement, vous n'avez pas revu votre nièce depuis qu'elle était enfant. Il serait facile à n'importe qui de se faire passer pour elle.

Savaronov parut abasourdi. Poirot continua :

— Assez sur ce sujet : je vous adresse une mise en garde, c'est tout. Ce que je voudrais maintenant, c'est que vous me décriviez la partie d'échecs de l'autre soir.

— Comment cela ?

— Eh bien... je ne suis pas joueur d'échecs moi-même, mais je crois savoir qu'il y a différentes manières de commencer une partie... des gambits, n'est-ce pas le mot ?

Le Pr Savaronov eut un petit sourire.

— Ah ! je saisis mieux. Wilson a choisi l'ouverture Ruy Lopez. C'est l'une des plus efficaces ; on l'adopte fréquemment dans les tournois et les matches.

— Et la tragédie est survenue au bout de combien de temps ?

— Nous devions en être au troisième ou au quatrième coup quand Wilson s'est brusquement effondré sur la table, raide mort.

Poirot se leva pour prendre congé. Il lança sa dernière question comme s'il n'y attachait aucune importance, mais je savais à quoi m'en tenir.

— Avait-il mangé ou bu quelque chose ?

— Il avait bu un whisky soda, je crois.

— Merci, Pr Savaronov. Je ne vous dérangerai pas plus longtemps.

Ivan nous attendait dans le hall pour nous raccompagner. Poirot s'attarda sur le seuil.

— Savez-vous qui habite dessous ? demanda-t-il.

— Sir Charles Kingwell, monsieur. Un membre du Parlement. Mais l'appartement a été loué meublé récemment.

— Merci.

Nous sortîmes dans le brillant soleil d'hiver.

— Je ne vous félicite pas, Poirot ! éclatai-je. Cette fois, je ne pense pas que vous vous soyez distingué. Vos questions n'étaient pas du tout appropriées.

— Vous le pensez vraiment, Hastings ? dit Poirot en me regardant d'un air consterné. J'étais troublé, oui. Qu'auriez-vous demandé, à ma place ?

Je réfléchis un moment avant de lui exposer dans les grandes lignes la façon dont je m'y serais pris. Il m'écouta avec — me sembla-t-il — un intérêt vigilant.

Mon monologue se poursuivit durant presque tout le trajet du retour.

Poirot introduisit sa clef dans la serrure et me précéda dans l'escalier.

— Tout à fait excellent, Hastings, dit-il. Très perspicace. Mais parfaitement inutile.

— Inutile? m'écriai-je, interloqué. Si Wilson a été empoisonné...

D'un bond, Poirot s'empara du message que Mrs Pearson avait laissé sur notre table.

— Tiens, tiens! fit-il. C'est de Japp. Exactement ce que je pensais.

Il me lança le message, bref et concis: on n'avait relevé aucune trace de poison dans le corps et on ignorait toujours comment la victime avait trouvé la mort.

— Vous voyez bien, dit Poirot, que vos questions auraient été inutiles.

— Vous aviez donc deviné le résultat de l'autopsie?

— « Sachez prévoir l'issue probable de la donne », rétorqua Poirot, citant le titre d'un récent problème de bridge sur lequel je m'étais cassé la tête. Mon bon ami, quand vous appliquez cette méthode avec succès, vous n'appelez pas cela « deviner ».

— Cessons de jouer sur les mots, m'impatientai-je. Vous aviez pressenti ce résultat?

— Oui.

— Comment?

Poirot plongea la main dans sa poche et en sortit... un fou blanc.

— Hé! lui dis-je. Vous avez oublié de le rendre au Pr Savaronov!

— Vous êtes dans l'erreur, mon bon ami. Celui dont vous parlez se trouve toujours dans ma poche gauche. Celui-ci, je l'ai pris dans la boîte que Mlle Davilov m'a aimablement permis d'examiner. Le pluriel d'un fou, c'est deux fous.

Il prononça le « s » final avec un grand sifflement. Je ne voyais pas du tout où il voulait en venir.

— Mais pourquoi l'avez-vous pris ?

— Parbleu, je voulais voir s'ils étaient exactement semblables !

Poirot les compara, la tête penchée de côté.

— Ils en ont l'air, je l'avoue. Mais il ne faut pas considérer comme certain un fait qui n'est pas prouvé. Apportez-moi ma petite balance, je vous prie.

Il pesa les deux pièces d'échecs avec un soin infini et se tourna vers moi, le visage triomphant :

— J'avais raison. Voyez-vous, j'avais raison. Impossible d'abuser Hercule Poirot !

Il se rua vers le téléphone, attendit impatiemment la communication.

— Japp ? Ah ! Japp, c'est vous... Hercule Poirot à l'appareil. Surveillez Ivan, le domestique. Ne le laissez filer entre vos doigts sous aucun prétexte. Oui, oui, c'est comme je vous dis.

Il raccrocha bruyamment et se tourna vers moi.

— Vous ne voyez pas, Hastings ? Je vais vous expliquer. Wilson n'a pas été empoisonné ; il a été électrocuté. Une fine tige métallique traverse un de ces fous par le milieu. La table a été installée à l'avance en un endroit précis. Quand Wilson a posé le fou sur l'une des cases argentées, le courant lui a traversé le corps, entraînant une mort instantanée. Aucune trace, à part la brûlure à la main — la main gauche, car il était gaucher. La « table du crime » était un mécanisme extrêmement ingénieux ; celle que j'ai examinée était une reproduction parfaitement inoffensive qu'on a substituée à l'autre aussitôt après le meurtre. Le mécanisme était commandé depuis l'appartement du dessous — qui, si vous vous en souvenez, venait d'être loué meublé. Mais il y avait au moins un complice dans l'appartement de Savaronov. La jeune fille est un agent des Quatre Grands ; elle complote afin d'hériter la fortune de Savaronov.

— Et Ivan ?

— Je le soupçonne fortement d'être le fameux Numéro Quatre, rien de moins.

— *Quoi* ?

— Oui. L'homme est un merveilleux acteur de composition. Il peut tenir tous les rôles qui lui plaisent.

Je me remémorai nos précédentes rencontres avec le Numéro Quatre : le gardien de l'asile de fous, le garçon boucher, le médecin compassé... autant de personnages totalement différents, incarnés par un seul et même homme.

— C'est stupéfiant, dis-je enfin. Tout concorde. Savaronov avait flairé la machination, ce qui explique sa répugnance à disputer ce match.

Poirot me regarda sans mot dire. Puis, se détournant brusquement, il se mit à arpenter la pièce.

— Avez-vous un livre sur les échecs, par hasard, mon ami ? demanda-t-il soudain.

— Je crois en avoir un quelque part.

Il me fallut un bon moment pour le dénicher. Lorsque enfin je l'apportai à Poirot, il s'assit confortablement pour le consulter avec la plus grande attention.

Environ un quart d'heure plus tard, le téléphone sonna. Je décrochai ; c'était Japp. Ivan était sorti de l'appartement, un gros paquet dans les bras. Il avait sauté dans un taxi qui l'attendait, et la filature avait commencé. De toute évidence, Ivan avait cherché à semer ses poursuivants ; au bout d'un moment, apparemment persuadé d'y avoir réussi, il s'était fait conduire à Hampstead, dans une grande maison déserte. La police cernait la maison en question.

Je transmis les nouvelles à Poirot. Il me regarda d'un air vague, comme s'il enregistrait à peine ce que je lui disais, puis il brandit le livre d'échecs en déclamant :

— Écoutez ceci, mon bon ami. Voici l'ouverture « Ruy Lopez ». 1. Blancs : Pion du Roi e2-e4, Noirs : Pion du Roi e7-e5 ; 2. Blancs : Cavalier du Roi g1-f3, Noirs : Cavalier de la Dame b8-c6 ; 3. Blancs : Fou du Roi f1-b5. Vient alors la question de savoir quel est le meilleur troisième coup pour les Noirs. Il a le choix entre diverses défenses. C'est le troisième coup des Blancs qui a tué Gilmour Wilson : Fou du Roi f1-b5. Seulement le troisième coup... cela ne vous suggère rien ?

Je ne voyais absolument pas où il voulait en venir, et je le lui dis.

— Supposez, Hastings, que vous entendiez la porte d'entrée s'ouvrir et se refermer pendant que vous êtes assis dans ce fauteuil, que penseriez-vous ?

— A priori, je penserais que quelqu'un est sorti.

— Oui, mais il y a toujours deux façons de voir les choses. Quelqu'un est sorti... ou quelqu'un est *entré* : deux hypothèses totalement différentes, Hastings. Et si vous avez choisi la mauvaise, une ou deux petites incohérences vont bientôt se faufiler dans votre raisonnement, et vous montrer que vous êtes sur la mauvaise piste.

— Qu'est-ce que ça signifie, Poirot ?

Le détective bondit sur ses pieds avec une soudaine énergie.

— Cela signifie que j'ai été un triple imbécile. Vite, vite, à Westminster ! Nous pouvons encore arriver à temps.

Dans le taxi qui nous emmenait à toute allure, Poirot ne répondit pas à mes questions excitées. Une fois à destination, nous grimpâmes l'escalier quatre à quatre. Malgré nos coups de sonnette et nos martèlements répétés, personne ne nous ouvrit ; mais en prêtant l'oreille, je pus distinguer un gémissement caverneux provenant de l'appartement.

Le gardien avait un passe-partout ; il consentit finalement à s'en servir, non sans s'être fait prier.

Poirot alla droit dans le salon, où une odeur de chloroforme nous assaillit. Sonia Davilov était allongée par terre, ligotée et bâillonnée, un grand tampon d'ouate imbibé de chloroforme appliqué sur le nez et la bouche. Poirot le lui arracha et s'employa à la ranimer. Lorsque le médecin arriva, Poirot lui confia la jeune fille et fouilla avec moi les autres pièces. Il n'y avait aucune trace du Pr Savaronov.

— Qu'est-ce que tout cela veut dire ? demandai-je, dépassé par les événements.

— Cela veut dire que, face à deux hypothèses possibles, j'ai choisi la mauvaise. Vous vous rappelez ? J'avais dit qu'il serait facile à quelqu'un de se faire passer pour Sonia Davilov puisque son oncle ne l'avait pas revue depuis des années...

— Oui, et alors ?

— Et alors, le contraire était également valable. Il était tout aussi facile à quelqu'un de se faire passer pour l'oncle.

— Quoi ?

— Le vrai Savaronov est mort quand la Révolution a éclaté. L'homme qui affirmait s'être échappé au prix de terribles épreuves, l'homme tellement changé que « même ses amis avaient du mal à le reconnaître », l'homme qui a revendiqué avec succès un énorme héritage...

— Eh bien oui. Qui était-ce ?

— *Le Numéro Quatre*. Pas étonnant qu'il ait été effrayé quand Sonia lui a appris qu'elle avait entendu l'une de ses conversations privées concernant les Quatre Grands. Encore une fois, il m'a glissé entre les doigts. Il a deviné que je finirais par trouver la bonne piste, alors il a lancé l'honnête Ivan dans une tortueuse course-poursuite, il a chloroformé la jeune fille et il est parti, après avoir sans aucun doute réalisé la majeure partie des titres légués par Mme Gospoja.

— Mais... mais alors, qui a essayé de le tuer ?

— Personne n'a voulu le tuer, *lui*. Wilson était bien la victime désignée.

— Mais pourquoi ?

— Mon bon ami, Savaronov était le second meilleur joueur d'échecs du monde. Le Numéro Quatre, lui, ne connaissait sans doute même pas les rudiments du jeu. Il ne pouvait pas donner le change pendant toute la durée d'un match. Il a fait tout son possible pour éviter le duel, mais ses tentatives ont échoué. Dès lors, le destin de Wilson était scellé. Il fallait à tout prix empêcher l'Américain de découvrir que le grand Savaronov ne savait même pas jouer aux échecs. Wilson était friand de l'ouverture « Ruy Lopez » ; il ne pouvait pas manquer de l'utiliser. Le Numéro Quatre s'est arrangé pour le tuer au troisième coup, avant de rencontrer des difficultés dans la défense.

— Mais mon cher Poirot, ce Numéro Quatre est-il donc fou ? Votre raisonnement se tient, et j'admets que vous ayez raison, mais tuer un homme uniquement pour préserver une fausse identité ! Il y avait certainement des moyens plus simples de surmonter cette difficulté ? Il aurait pu prétendre, par exemple, que son médecin lui interdisait les matches d'échecs à cause de la tension nerveuse.

— Bien sûr, Hastings, il y avait d'autres moyens, mais pas de plus radical. En outre, vous partez du principe que le meurtre d'un homme est une chose à éviter, n'est-ce pas ? Le cerveau du Numéro Quatre ne fonctionne pas ainsi. Je me mets à sa place, chose que vous ne pouvez pas faire. J'imagine ses pensées. Cela lui plaît de livrer ce match en tant que Pr Savaronov ; sans aucun doute, il a assisté à des tournois d'échecs pour étudier son rôle. Il est là à froncer les sourcils, plongé dans ses réflexions ; il donne l'impression de concevoir une grande stratégie, mais en fait il rit intérieurement. Il sait qu'il a deux coups à jouer au maximum — et qu'il n'aura pas *besoin* d'aller plus loin. Là encore, cela le comble intellectuellement de savoir que la partie sera interrompue à l'instant fixé par le Numéro Quatre... Oh ! oui, Hastings, je commence à connaître notre ami et sa psychologie.

Je haussai les épaules.

— Vous avez peut-être raison, mais je n'arrive pas à comprendre qu'il ait couru un risque si facile à éviter.

— Un risque ! Où était-il, le risque ? Japp aurait-il résolu le problème ? Non. Si le Numéro Quatre n'avait pas commis une petite erreur, il n'aurait couru aucun risque.

— Quelle erreur ? m'enquis-je, devinant déjà la réponse.

— Mon ami, il n'a pas tenu compte des petites cellules grises d'Hercule Poirot.

Poirot a ses vertus, mais la modestie n'est pas du nombre.

12

L'APPÂT

C'était une journée de la mi-janvier, humide et triste, typique de l'hiver londonien. Poirot et moi avions installé nos fauteuils près du feu. Depuis quelques instants, mon ami me regardait avec un sourire énigmatique que je n'arrivais pas à interpréter.

— Un penny pour connaître vos pensées, dis-je d'un ton léger.

— Lorsque vous êtes arrivé en Angleterre, mon bon ami, au milieu de l'été, vous m'avez dit que vous comptiez rester dans ce pays deux mois seulement. Voilà à quoi je pensais.

— J'ai vraiment dit cela? demandai-je, un peu embarrassé. Je ne m'en souviens pas.

Le sourire de Poirot s'élargit.

— Mais si, mon bon ami. Depuis lors, vous avez changé vos projets, semble-t-il?

— Euh... oui, en effet.

— Et pourquoi donc?

— Bon sang! Poirot, vous ne vous figurez quand même pas que je vais vous laisser tout seul alors que vous êtes aux prises avec une organisation comme les Quatre Grands!

— C'est bien ce que je pensais. Vous êtes un ami à toute épreuve, Hastings. C'est pour me rendre service que vous restez ici. Et votre femme — la petite Cendrillon, comme vous l'appelez —, qu'en dit-elle?

— Je ne suis pas entré dans les détails avec elle, bien sûr, mais elle comprend. Elle serait la dernière à approuver que je tourne le dos à un ami.

— Oui, oui, c'est une créature loyale, elle aussi. Mais cette affaire va être longue, peut-être.

J'acquiesçai, passablement découragé.

— Déjà six mois, murmurai-je, et où en sommes-nous ? Vous savez, Poirot, je ne peux m'empêcher de penser que nous devrions faire quelque chose.

— Toujours aussi bouillant, Hastings ! Et que voudriez-vous que je fasse, au juste ?

Là, il me posait une colle, mais j'étais bien décidé à défendre ma position :

— Nous devrions prendre l'offensive. Qu'avons-nous fait jusqu'ici ?

— Davantage que vous ne croyez, mon bon ami. Nous avons découvert l'identité du Numéro Deux et du Numéro Trois, et appris bien des choses sur les méthodes du Numéro Quatre.

Je fus un peu rasséréné. Ainsi résumée par Poirot, la situation n'était pas si catastrophique.

— Oh ! oui, Hastings, nous avons fait beaucoup. Il est vrai que je ne suis pas en mesure d'accuser ni Ryland ni Mme Olivier : qui me croirait ? Vous vous rappelez, la fois où je croyais avoir piégé Ryland ? Néanmoins, j'ai fait connaître mes soupçons dans les sphères les plus hautes. J'ai transmis à lord Aldington, qui m'avait demandé mon aide dans l'affaire des plans de sous-marin volés, toutes mes informations concernant les Quatre Grands ; et si d'autres doutent, lui me croit. Ryland, Mme Olivier et Li Chang Yen lui-même poursuivent peut-être leur chemin, mais un projecteur est maintenant braqué sur tous leurs mouvements.

— Et le Numéro Quatre ?

— Comme je l'ai dit, je commence à connaître et à comprendre ses méthodes. Vous souriez, Hastings, mais le fait de mettre à nu la personnalité d'un homme, de savoir exactement ce qu'il fera dans des circonstances données, c'est le début du succès. C'est un duel entre lui et moi, et il me donne sans cesse des indications sur sa mentalité, alors que je prends soin de lui révéler le moins possible de la mienne. Il est dans la lumière, moi dans l'ombre. Croyez-moi, Hastings, chaque jour ils me redoutent davantage à cause de ma passivité délibérée.

— En tout cas, ils nous ont laissés tranquilles. Ils n'ont plus essayé de vous tuer, n'ont tendu aucune embuscade d'aucune sorte.

— Non, dit Poirot d'un air songeur. Tout bien réfléchi, cela me surprend un peu. D'autant qu'il y a un ou deux moyens de nous atteindre auxquels j'étais convaincu qu'ils penseraient. Vous saisissez mon idée, peut-être ?

— Une machine infernale ? hasardai-je.

Poirot émit un clappement de langue excédé.

— Mais non ! Je fais appel à votre imagination, et vous ne trouvez rien de plus subtil que des bombes dans la cheminée ! À propos, je suis en manque d'allumettes ; je vais me promener malgré le temps. Pardonnez-moi, mon bon ami, mais est-il possible que vous lisiez tout à la fois *L'Avenir de l'Argentine, L'Élevage du Bétail, L'indice Cramoisi* et *Sport dans les Rocheuses ?*

J'avouai en riant que, pour le moment, *L'indice Cramoisi* retenait seul mon attention. Poirot secoua tristement la tête.

— Mais alors replacez les autres dans la bibliothèque ! Jamais, au grand jamais vous n'adopterez l'ordre et la méthode. Mon Dieu, à quoi sert une bibliothèque, je vous le demande ?

Je lui présentai mes humbles excuses. Poirot rangea les ouvrages incriminés, chacun à sa place, et sortit. Je pus alors me plonger sans être dérangé dans le livre que j'avais choisi.

Je dois néanmoins reconnaître que je dormais à moitié quand Mrs Pearson frappa un coup à la porte :

— Un télégramme pour vous, capitaine.

J'ouvris l'enveloppe orange sans grand empressement.

Puis je me redressai brusquement, pétrifié.

C'était un câble de Bronsen, l'intendant de mon ranch en Amérique du Sud. Il était ainsi rédigé :

Mrs Hastings disparue hier. Craignons kidnapping par gang appelé « Quatre Grands ». Télégraphiez instructions. Ai averti police, mais encore aucune piste.

Bronsen.

D'un geste, je congédiai Mrs Pearson et restai là, foudroyé, à lire et à relire le texte du télégramme. Cendrillon, kidnappée ! Aux mains des infâmes Quatre Grands ! Seigneur, que pouvais-je faire ?

Poirot ! C'était Poirot qu'il me fallait. Lui, il me conseillerait. Il trouverait bien un moyen de les vaincre. D'ici quelques minutes, il serait là. Je n'avais qu'à attendre patiemment son retour. Mais Cendrillon... Cendrillon aux mains des Quatre !

Nouveau coup à la porte. Mrs Pearson passa la tête dans l'entrebâillement :

— Un message pour vous, capitaine... apporté par un païen de Chinois. Il attend en bas.

Je lui arrachai le papier des mains. C'était bref et concis :

Si vous souhaitez revoir votre femme, accompagnez immédiatement le porteur de ce mot. Ne laissez pas de message pour votre ami, sinon elle souffrira.

Un grand « 4 » tenait lieu de signature.

Qu'aurais-je dû faire ? Qu'auriez-vous fait à ma place, vous qui me lisez ?

Je n'eus pas le temps de réfléchir. Je ne voyais qu'une seule chose : Cendrillon à la merci de ces démons. Je devais obéir ; je n'osais pas risquer un seul cheveu de sa tête. Il me fallait accompagner ce Chinois et le suivre où il lui plairait de me conduire. C'était un piège, et cela signifiait bien sûr ma capture, peut-être même ma mort, mais ils avaient choisi comme appât l'être que je chérissais le plus au monde. Je n'hésitais pas.

Ce qui me tracassait le plus, c'était de ne pas avertir Poirot. Si j'arrivais à le lancer sur ma piste, tout pourrait peut-être encore s'arranger ! Devais-je courir le risque ? Je n'étais apparemment pas surveillé, mais j'hésitais malgré tout. Ç'aurait été si facile au Chinois de monter s'assurer que je suivais les consignes à la lettre ; pourquoi ne l'avait il pas fait ? Sa discrétion même accroissait ma méfiance. J'avais eu tant de preuves de la toute-puissance des Quatre que je les créditais de pouvoirs presque surhumains. Pour ce que j'en savais, même la petite bonne débraillée pouvait être une de leurs complices.

Non, je n'osai pas prendre le risque. Que pouvais-je faire, en revanche ? Laisser le télégramme. Poirot saurait ainsi que Cendrillon avait disparu, et il connaîtrait les responsables de son enlèvement.

Toutes ces pensées défilèrent dans mon esprit en moins de temps qu'il n'en faut pour le rapporter. Un peu plus d'une minute après avoir reçu le message, je coiffais mon chapeau et descendais rejoindre mon guide qui m'attendait au pied de l'escalier.

Le messager était un grand Chinois au visage impénétrable, portant des vêtements propres mais passablement élimés. Il inclina le buste et m'adressa la parole dans un anglais approximatif, aux intonations légèrement chantantes :

— Capitaine Hastings ?

— Oui.

— Vous donnez lettre à moi, je vous prie.

J'avais prévu cette requête ; je lui tendis le bout de papier sans mot dire. Mais ce n'était pas tout.

— Vous avez eu télégramme aujourd'hui, oui ? Arrivé tout à l'heure ? D'Amérique du Sud, oui ?

J'eus là une nouvelle preuve de l'efficacité de leur système d'espionnage ; à moins qu'il ne se fût simplement agi d'une habile déduction. En effet, il était évident que Bronsen me télégraphierait. Il leur avait suffi d'attendre que je reçoive le câble et de frapper un grand coup en profitant de l'effet de surprise.

Je renonçai à nier l'évidence.

— Oui, dis-je. En effet, j'ai reçu un télégramme.

— Vous le cherchez, oui ? Tout de suite.

Je grinçai des dents, mais que faire ? Je remontai vivement l'escalier. Ne pouvais-je pas au moins prévenir Mrs Pearson de l'enlèvement de Cendrillon ? Elle était sur le palier mais, juste derrière elle, se tenait la petite bonne. J'hésitai. Si c'était *vraiment* une espionne... Les mots du message dansèrent devant mes yeux : « ... elle souffrira... » J'entrai dans le salon sans mot dire.

Je pris le télégramme et me préparai à sortir quand, soudain, une idée me vint. Et si je laissais un signe ? Un indice qui échapperait à mes ennemis mais que Poirot, lui, saurait interpréter ? Je courus vers la bibliothèque et fis tomber quatre livres par terre. Aucune crainte que Poirot passe à côté sans les voir : ce crime de lèse-majesté lui sauterait aux yeux et, après le petit sermon qu'il m'avait fait, cela lui paraîtrait assurément insolite. Puis je mis une pelletée de charbon dans le feu, en éparpillant quatre boulets sur le marbre de la cheminée. J'avais fait tout mon possible : fasse le ciel que Poirot déchiffre correctement le message.

Je redescendis quatre à quatre. Le Chinois me prit le télégramme, le lut, l'empocha et, d'un hochement de tête, me fit signe de le suivre.

Le trajet fut long et fatigant. Nous prîmes d'abord un bus, puis nous parcourûmes une très grande distance en tramway. Notre itinéraire nous conduisait toujours vers l'est : nous traversâmes des quartiers insolites, dont je ne soupçonnais même pas l'existence. Nous étions maintenant du côté des docks, et je compris qu'on m'emmenait au cœur de Chinatown.

Je ne pus m'empêcher de frissonner. Mon guide n'en continua pas moins d'avancer, empruntant un dédale de rues sordides et de ruelles tortueuses. Il s'arrêta enfin devant une maison délabrée et frappa quatre coups à la porte.

Un autre Chinois nous ouvrit aussitôt et s'effaça pour nous laisser entrer. Le bruit métallique de la porte qui se refermait derrière moi sonna le glas de mes derniers espoirs : j'étais bel et bien aux mains de l'ennemi.

Le second Chinois me prit alors en charge. Il me fit descendre un escalier branlant qui menait à une cave remplie de ballots et de tonneaux, où régnait une odeur âcre — comme une senteur d'épices orientales. Je me sentis plongé dans l'atmosphère de l'Orient, sinueuse, fourbe, sinistre...

Soudain, mon guide écarta deux des fûts et je vis qu'un passage bas, semblable à un tunnel, s'ouvrait dans le mur. Il me fit signe d'avancer. Le tunnel, assez long, était trop bas pour que je puisse m'y tenir droit. Il finit quand même par s'élargir et, quelques minutes plus tard, nous débouchâmes dans une autre cave.

Mon Chinois s'approcha d'un des murs et frappa quatre fois. Tout un pan de la paroi pivota sur lui-même, ménageant une étroite ouverture. Je franchis le seuil et me retrouvai, à mon extrême stupéfaction, dans une sorte de palais des Mille et Une Nuits. La salle souterraine, longue et basse, ornée de riches soieries orientales, était brillamment éclairée et imprégnée d'une pénétrante senteur de parfums et d'épices. Il y avait là cinq ou six divans recouverts de soie et, par terre, des tapis chinois de facture magnifique. Au fond de la salle se trouvait une alcôve ; derrière les tentures qui la dissimulaient, une voix se fit entendre :

— As-tu amené l'honorable invité ?

— Il est ici, excellence, répondit mon guide.

— Qu'il entre.

Une main invisible écarta les tentures et je me trouvai face à un immense divan sur lequel était assis un Oriental grand et mince, vêtu de robes merveilleusement brodées. À en juger d'après la longueur de ses ongles, c'était manifestement un personnage important.

— Veuillez prendre place, capitaine Hastings, dit-il en accompagnant son invite d'un geste de la main. Je suis heureux de voir que vous avez immédiatement accédé à ma requête.

— Qui êtes-vous ? demandai-je. Li Chang Yen ?

— Certes non. Je ne suis que le plus humble des serviteurs du maître. J'exécute ses commandements, rien de plus, comme le font d'autres serviteurs dans d'autres pays. En Argentine, par exemple.

J'avançai d'un pas.

— Où est-elle ? Que lui avez-vous fait ?

— Elle est en lieu sûr, dans un endroit où nul ne la trouvera. Pour l'instant, elle n'a aucun mal. Remarquez bien que je dis : *pour l'instant !*

Des frissons glacés me parcoururent l'échine tandis que je regardais ce démon souriant.

— Que voulez-vous ? m'écriai-je. De l'argent ?

— Mon cher capitaine Hastings... Nous n'avons pas de visées sur vos petites économies, je puis vous l'assurer. Pardonnez-moi, mais cette supposition n'est pas très intelligente de votre part. Votre collègue ne l'aurait pas faite, j'en suis sûr.

— Je suppose, dis-je d'une voix sourde, que vous vouliez me prendre dans vos filets. Eh bien, vous avez réussi ! Je suis venu ici en toute connaissance de cause. Faites de moi ce que vous voudrez, mais relâchez ma femme. Elle ne sait rien et ne peut vous être d'aucune utilité. Vous vous êtes servi d'elle pour me mettre la main dessus ; maintenant que vous me tenez, la question est réglée.

L'Oriental caressa sa joue lisse en m'observant obliquement de ses yeux bridés.

— Vous allez trop vite, ronronna-t-il. La question n'est pas tout à fait... réglée. En réalité, notre objectif n'est pas de vous « mettre la main dessus », pour reprendre votre expression. En revanche, par votre intermédiaire, nous espérons mettre la main sur votre ami, Mr Hercule Poirot.

— Je crains que vous ne soyez déçu, dis-je avec un rire bref.

Comme s'il ne m'avait pas entendu, l'autre poursuivit :

— Voici ce que je vous suggère. Vous allez écrire une lettre à Mr Hercule Poirot, une lettre l'incitant à vous rejoindre ici en toute hâte.

— Je ne ferai rien de tel ! répliquai-je avec colère.

— Un refus aurait des conséquences désagréables.

— Au diable vos conséquences !

— Vous avez le choix entre accepter ou mourir !

Un frisson déplaisant courut le long de ma colonne vertébrale, mais je m'efforçai de garder bonne contenance.

— Inutile de me harceler. Réservez vos menaces pour vos hommes de main chinois, qui ne sont qu'une bande de lâches.

— Mes menaces sont très sérieuses, capitaine

Hastings. Une nouvelle fois, je vous le demande : acceptez-vous d'écrire cette lettre ?

— Je refuse, et je vais vous dire une bonne chose : vous n'oserez pas me tuer. Vous auriez la police à vos trousses en un rien de temps.

Mon interlocuteur frappa dans ses mains. Deux serviteurs chinois apparurent, comme tombés du ciel, et me saisirent chacun par un bras. Leur maître leur parla rapidement en chinois, et ils me traînèrent vers un coin de la vaste salle. L'un d'eux se pencha et, tout à coup, sans le moindre avertissement, le sol se déroba sous mes pieds. Si l'autre sbire ne m'avait pas retenu, j'aurais dégringolé dans le trou béant qui s'ouvrait au-dessous de moi. Un trou noir comme l'encre, d'où montait le grondement d'eaux tumultueuses.

— Le fleuve, déclara l'homme qui trônait sur le divan. Réfléchissez bien, capitaine Hastings. Si vous refusez encore, vous plongez tête la première dans l'éternité. C'est la mort qui vous attend en bas, dans ces eaux ténébreuses. Pour la dernière fois, acceptez-vous d'écrire cette lettre ?

Je ne suis pas plus brave qu'un autre. J'avoue franchement que j'étais mort de peur, que j'avais une frousse bleue. Ce démon chinois ne plaisantait pas, j'en étais convaincu. Il fallait bel et bien dire adieu à cette bonne vieille terre. Malgré moi, je ne pus empêcher ma voix de chevroter un peu :

— Pour la dernière fois, non ! Allez au diable, vous et votre lettre !

Involontairement, je fermai les yeux et murmurai une courte prière.

13

LA SOURIS PRISE AU PIÈGE

Il est rare, dans une vie, qu'un homme voie la mort d'aussi près ; mais j'avais l'absolue certitude que ces mots, prononcés au fin fond d'une cave de l'East End étaient bien mes dernières paroles en ce bas monde. Je me préparais mentalement au choc des eaux noires et bouillonnantes, imaginant à l'avance l'horreur de la chute suffocante qui m'attendait.

À ma grande surprise, un rire grave tinta à mes oreilles. J'ouvris les yeux. Mes deux geôliers, obéissant à un geste de leur maître, me ramenèrent vers le siège que j'occupais précédemment, face à lui.

— Vous êtes un homme brave, capitaine Hastings, dit-il. Nous, Orientaux, nous apprécions le courage. Je puis dire que j'avais prévu votre réaction. Cela nous mène au deuxième acte de notre petit drame. Vous avez accepté la mort pour vous ; accepterez-vous la mort pour une autre personne ?

Une peur atroce s'insinua en moi.

— Que voulez-vous dire ? demandai-je d'une voix étranglée.

— Vous n'avez sûrement pas oublié notre captive... la Rose du Jardin.

Je le regardai, muet d'angoisse.

— Je pense, capitaine Hastings, que vous allez écrire cette lettre. Voyez, j'ai ici un formulaire de télégramme. Le message que j'y inscrirai dépend de vous ; pour votre femme, c'est une question de vie ou de mort.

La sueur perla sur mon front. D'une voix parfaitement calme, mon tortionnaire poursuivit avec un sourire aimable :

— Tenez, capitaine, le stylo est à portée de votre main. Vous n'avez qu'à écrire. Sinon...

— Sinon ? fis-je en écho.

— Sinon, la dame de vos pensées mourra... de mort lente. Mon maître Li Chang Yen, pour se distraire, occupe ses loisirs à mettre au point de nouvelles et ingénieuses méthodes de torture...

— Non ! criai-je. Démon ! Pas ça... vous ne feriez pas ça... !

— Voulez-vous que je vous décrive certaines de ses inventions ?

Sans se soucier de mon cri de protestation, il continua d'une voix égale, sereine, jusqu'au moment où, poussant un hurlement d'horreur, je plaquai les mains sur mes oreilles pour ne plus l'entendre.

— C'est suffisant, je vois, dit-il. Prenez le stylo et écrivez.

— Si j'accepte... ?

— Nous libérons votre femme. La dépêche partira immédiatement.

— Qu'est-ce qui me prouve que vous tiendrez parole ?

— Je vous le jure sur les tombes sacrées de mes ancêtres. D'ailleurs, jugez par vous-même : pourquoi lui ferais-je du mal ? Notre otage aura rempli son office.

— Et... et Poirot ?

— Nous le garderons prisonnier jusqu'à ce que nous ayons terminé nos opérations. Ensuite, nous le relâcherons.

— Êtes-vous prêt à le jurer sur la tombe de vos ancêtres, ça aussi ?

— Je vous ai déjà fait un serment. Cela devrait suffire.

Je me tus, la mort dans l'âme. J'allais trahir mon ami, et au nom de quoi ? J'hésitais encore lorsque j'eus, comme dans un cauchemar, une vision de l'horrible alternative : Cendrillon entre les mains de ces Chinois démoniaques, agonisant lentement sous la torture...

Un gémissement s'échappa de mes lèvres. Je saisis le stylo. Peut-être qu'en formulant habilement la lettre, je pourrais y glisser un avertissement qui permettrait à Poirot d'éviter le piège. C'était mon seul espoir.

Mais je ne devais même pas conserver cet espoir-là. D'une voix suave et courtoise, le Chinois déclara :

— Permettez-moi de vous dicter.

Il s'interrompit pour consulter une liasse de papiers avant de lire tout haut le texte suivant :

Cher Poirot,

Je crois être sur la piste du Numéro Quatre. Un Chinois est venu cet après-midi et a essayé de m'appâter grâce à un message à la gomme. Heureusement, j'ai deviné à temps ses intentions et je lui ai faussé compagnie. Je l'ai alors pris à son propre jeu et j'ai réussi à le filer sans me faire repérer, ce dont je suis assez fier. Je vais confier ce message à un jeune garçon débrouillard ; veuillez lui donner une demi-couronne, c'est la récompense que je lui ai promise s'il s'acquitte correctement de sa mission. Moi, je surveille la maison et je n'ose pas m'éloigner. Je vous attendrai jusqu'à 6 heures ; si vous n'êtes pas arrivé d'ici là, j'essaierai de m'introduire dans la place. L'occasion est trop belle pour qu'on la laisse échapper, et il se peut que ce billet ne vous parvienne pas. Mais si mon messager arrive à vous joindre, dites-lui de vous conduire ici sans délai. Et camouflez vos précieuses moustaches, pour éviter d'être reconnu par un éventuel guetteur posté dans la maison.

Amitiés hâtives,

A.H.

Chaque mot que j'écrivais me plongeait dans un désespoir plus profond. Ce texte, diaboliquement astucieux, prouvait qu'ils connaissaient parfaitement notre vie, jusque dans ses moindres détails. Car cette lettre, j'aurais fort bien pu la rédiger moi-même. La phrase concernant le Chinois, venu dans l'après-midi, et qui avait tenté de « m'appâter », réduisait à néant les effets qu'aurait pu avoir le « signe » — les quatre livres jetés par terre. On m'avait bien tendu un piège, mais je l'avais éventé à temps : voilà ce que penserait Poirot. En outre, le moment était bien choisi ; Poirot, lorsqu'il recevrait la lettre, aurait juste le temps d'accourir, escorté par son guide à l'air innocent. Car je savais que telle serait sa réaction : me voyant déterminé à entrer seul dans la maison, il accourrait en toute hâte. Ne se montrait-il pas toujours ridiculement méfiant à l'égard de mes capacités ? Convaincu que je m'exposais au danger sans être à la hauteur de la situation, il se précipiterait pour prendre les choses en main.

Malheureusement, que pouvais-je faire pour l'en empêcher ? J'écrivis ce que me dictait mon ravisseur. Lorsque j'eus terminé, il me prit la feuille, la lut, puis, avec un hochement de tête approbateur, la tendit à l'un des serviteurs silencieux. L'homme disparut derrière l'une des soieries accrochées au mur, qui dissimulait une porte.

Le sourire aux lèvres, l'Oriental assis en face de moi prit un formulaire de dépêche, qu'il remplit et me tendit.

Il était ainsi libellé : *Relâchez l'oiseau blanc sans délai.*

Je laissai échapper un soupir de soulagement.

— Vous allez l'expédier tout de suite ? insistai-je.

— Non, dit-il sans cesser de sourire. Cette dépêche partira quand Mr Hercule Poirot sera entre mes mains. Pas avant.

— Mais vous aviez promis...

— Si ce stratagème échoue, j'aurai peut-être encore

besoin de notre oiseau blanc... pour m'assurer votre coopération.

— Bon Dieu ! m'écriai-je, blême de colère. Si vous...

Il agita sa longue main fine :

— Soyez rassuré, je ne pense pas que notre plan échoue. Et dès que Mr Poirot sera en notre pouvoir, je tiendrai parole.

— Si vous me faites marcher...

— J'ai juré sur la tombe de mes ancêtres. N'ayez crainte et reposez-vous ici un moment. Mes serviteurs veilleront à vos désirs pendant mon absence.

Je restai seul dans cet étrange palais souterrain. Le second gardien chinois ne tarda pas à revenir ; il m'apportait à boire et à manger, mais je repoussai ce qu'il m'offrait. J'avais mal... mal au ventre... mal au cœur...

Soudain, le maître reparut, grand et majestueux dans ses robes en soie. Il prit la direction des opérations. Sur ses ordres, on me ramena, à travers la cave et le tunnel, dans la maison où j'étais entré au départ. Là, on me conduisit dans une pièce du rez-de-chaussée. Les persiennes étaient fermées, mais on voyait à travers les fentes ce qui se passait dans la rue. Un vieil homme déguenillé traînait la jambe sur le trottoir d'en face ; quand je le vis faire un signe en direction de la maison, je compris que c'était un membre de la bande qui montait la garde.

— Tout va bien, dit mon ami chinois. Hercule Poirot est tombé dans le piège. Il vient par ici, seul avec le garçon qui le guide. À présent, capitaine Hastings, vous avez encore un dernier rôle à jouer. Il n'entrera ici que s'il vous voit. Quand il arrivera en face, vous sortirez sur le pas de la porte et lui ferez signe d'entrer.

— Quoi ? m'écriai-je, révolté.

— Ce rôle, vous le jouerez seul. Souvenez-vous du prix de l'échec. Si Hercule Poirot soupçonne quelque chose d'anormal et n'entre pas dans la maison, votre femme subira les Soixante-Dix Morts Lentes ! Ah ! le voici.

Le cœur battant la chamade, l'estomac affreusement noué, je regardai par les fentes des persiennes la silhouette qui arpentait le trottoir opposé. Malgré le col relevé et l'immense écharpe jaune qui dissimulait la partie inférieure du visage, je reconnus aussitôt mon ami. On ne pouvait se méprendre sur sa démarche, sur le port de sa tête en forme d'œuf.

C'était Poirot qui venait à mon aide en toute confiance, sans rien soupçonner de louche. À ses côtés trottait un gamin des rues typiquement londonien, visage crasseux et vêtements en loques.

Poirot s'arrêta pour regarder la maison tandis que le garnement lui parlait avec animation en pointant l'index. C'était pour moi le moment d'agir. Je sortis dans le hall. Sur un geste du majestueux Chinois, l'un des serviteurs ouvrit la porte.

— Souvenez-vous du prix de l'échec, répéta mon ennemi dans un murmure.

Je sortis sur le perron. Je fis signe à Poirot. Il se hâta de traverser la rue.

— Tiens donc ! Tout va bien pour vous, mon bon ami. Je commençais à m'inquiéter. Vous avez réussi à entrer ? La maison est vide, alors ?

— Oui, dis-je à voix basse, en m'efforçant de prendre un ton naturel. Il doit y avoir une issue secrète quelque part. Venez, cherchons-la.

Je m'effaçai pour le laisser passer. En toute naïveté, Poirot se prépara à me suivre.

À cet instant, quelque chose se débloqua dans ma tête. Je vis avec une aveuglante clarté le rôle qu'on me faisait jouer : le rôle de Judas.

— Reculez, Poirot ! criai-je. Reculez, si vous tenez à la vie ! C'est un piège. Ne vous occupez pas de moi, fuyez !

Alors même que je criais — que je hurlais, plutôt — cet avertissement, des mains m'agrippèrent comme un étau. L'un des serviteurs chinois passa devant moi comme une flèche pour s'emparer de Poirot.

Je vis mon ami faire un bond en arrière, le bras levé. Brusquement, un nuage de fumée très dense s'éleva autour de moi, m'étouffant... m'empêchant de respirer...

Je m'effondrai, suffoquant... C'était la mort...

Je repris connaissance lentement, douloureusement ; tous mes sens étaient engourdis. La première chose que je vis fut le visage de Poirot. Assis en face de moi, il m'observait avec anxiété. Il poussa un petit cri de joie en voyant mon regard se fixer sur lui.

— Ah ! vous revivez... vous revenez à vous. Tout est bien ! Mon bon ami, mon pauvre ami !

— Où suis-je ? demandai-je faiblement.

— Où ? Mais chez vous !

Je regardai autour de moi. Effectivement, je me trouvais dans le cadre familier de notre appartement. Il y avait encore, sur le marbre de la cheminée, les quatre boulets de charbon que j'y avais laissés.

Poirot suivit mon regard :

— Mais oui, c'était une fameuse idée, et les livres aussi. Voyez-vous, si on me disait un jour : « Votre ami, ce Hastings, ce n'est pas une lumière, n'est-ce pas ? », je répondrais : « Vous êtes dans l'erreur. » C'est une idée merveilleuse que vous avez eue là.

— Vous avez donc compris le message ?

— Suis-je un imbécile ? Naturellement que j'ai compris. Cela m'a averti et m'a donné le temps de mûrir mon plan. J'ignorais comment, mais les Quatre

Grands vous avaient kidnappé. Dans quel but? Sûrement pas pour vos beaux yeux. Sûrement pas non plus parce qu'ils vous redoutaient et voulaient vous éliminer. Non, leur objectif était clair : vous deviez servir d'appât pour attirer le grand Hercule Poirot dans leurs griffes. Je prévois depuis longtemps une manœuvre de ce genre. Je fais donc mes petits préparatifs et, comme prévu, le messager arrive : un innocent gamin des rues. Moi, je gobe tout ce qu'il me chante et je l'accompagne en hâte. Très heureusement, ils vous permettent de sortir sur le perron. C'était ma seule crainte : devoir les annihiler avant d'avoir trouvé l'endroit où vous étiez caché, et devoir vous chercher — en vain, peut-être — après.

— Les annihiler, dites-vous? demandai-je d'une voix éteinte. À vous tout seul?

— Oh ! il n'y a rien de très malin là-dedans. Si on est toujours prêt, tout est simple : c'est la devise des scouts, n'est-ce pas ? Une très bonne devise. Moi, j'étais prêt. Voici peu, j'ai rendu service à un très célèbre chimiste qui, pendant la guerre, a fait des travaux sur les gaz asphyxiants. Il a conçu pour moi une petite bombe, simple à utiliser et facile à transporter. Je n'ai qu'à la lancer, et *pouf!* la fumée se dégage, provoquant l'inconscience. Aussitôt, je donne un coup de sifflet et voilà les excellents collègues de Japp — qui surveillaient cet appartement bien avant l'arrivée du gamin et qui ont réussi à nous suivre jusqu'à Limehouse — les voilà, donc, qui accourent pour prendre la situation en main.

— Mais comment se fait-il que vous n'ayez pas perdu connaissance, vous aussi?

— Encore une autre chance. Notre ami le Numéro Quatre — qui est certainement l'auteur de cette lettre ingénieuse — s'est autorisé une petite plaisanterie sur mes moustaches, n'est-ce pas, ce qui m'a permis de camoufler avec une extrême facilité mon masque à gaz sous une grande écharpe jaune.

— Oui, je m'en souviens ! m'exclamai-je.

Et, du même coup, je me rappelai l'horrible menace qui pesait sur ma femme, cette menace que j'avais temporairement oubliée. *Cendrillon...*

Je dus rester évanoui une minute ou deux. Lorsque je revins à moi, Poirot essayait de me faire avaler un peu de cognac.

— Qu'y a-t-il, mon ami ? mais qu'y a-t-il donc ? Dites-le-moi.

Frissonnant de tout mon être, je parvins à ânonner mot à mot toute l'histoire. Poirot ne put réprimer un cri :

— Mon ami ! Mon bon ami ! Mais que vous avez dû souffrir ! Et moi qui ne savais rien de tout cela ! Mais soyez rassuré ! tout va bien !

— Vous voulez dire que vous la retrouverez ? Mais elle est en Amérique du Sud ! Le temps que nous arrivions là-bas, elle sera morte depuis longtemps... Dieu seul sait dans quelles conditions atroces.

— Non, non, vous ne comprenez pas. Elle est en sécurité. Elle n'a pas été une seule seconde entre leurs mains.

— Mais... j'ai reçu un télégramme de Bronsen !

— Non, non, justement. Vous avez peut-être reçu un télégramme d'Amérique du Sud signé Bronsen, mais c'est très différent. Dites-moi, n'avez-vous jamais songé qu'une organisation comme celle-là, avec des ramifications dans le monde entier, pourrait facilement nous atteindre en s'attaquant à la petite Cendrillon, que vous aimez si fort ?

— Non, jamais, répondis-je.

— Moi, si. Je ne vous ai rien dit pour ne pas vous bouleverser sans nécessité, mais j'ai pris des mesures de mon propre chef. Votre femme écrit des lettres qui semblent toutes provenir de votre ranch mais, en réalité, elle est en lieu sûr depuis plus de trois mois dans un endroit que je lui ai indiqué.

Je le regardai un long moment.

— Vous en êtes sûr ? finis-je par dire.

— Parbleu ! Je le *sais*. Ils vous ont torturé avec un mensonge !

Je détournai la tête. Poirot posa une main sur mon épaule. Lorsqu'il parla, il y avait dans sa voix une intonation que je ne lui connaissais pas :

— Vous n'aimez pas que je vous serre dans mes bras ou que je montre de l'émotion, je sais bien. Je serai donc très britannique. Je ne dirai rien... mais rien du tout. Juste un mot : dans cette aventure, tous les honneurs vous reviennent. Heureux, l'homme qui, comme moi, possède un tel ami !

14

LA BLONDE OXYGÉNÉE

L'attaque à la bombe de Poirot dans la maison de Chinatown avait eu des résultats très décevants. Tout d'abord, le chef de la bande s'était échappé. Accourus au coup de sifflet de Poirot, les hommes de Japp avaient trouvé dans le hall quatre Chinois évanouis, mais celui qui m'avait menacé de mort n'était pas du lot. Je me souvins par la suite que, au moment où on m'avait forcé à sortir sur le perron pour attirer Poirot dans le piège, le maître était resté très en retrait. Sans doute n'avait-il pas respiré les émanations de gaz et avait-il réussi à s'enfuir par l'une des nombreuses issues que nous découvrîmes lors de la perquisition.

Des quatre hommes qui restèrent entre nos mains, nous n'apprîmes rien. L'enquête pourtant approfondie de la police ne parvint pas à établir leur complicité avec les Quatre Grands. C'étaient d'humbles habitants du quartier, qui déclarèrent n'avoir jamais entendu parler de Li Chang Yen. Un monsieur chinois les avait engagés comme serviteurs dans sa maison au bord du fleuve, mais ils ignoraient tout de ses activités.

Dès le lendemain de mon aventure, j'étais complètement remis des effets de la bombe à gaz de Poirot ; seule subsistait une légère migraine. Je me rendis avec mon ami à Chinatown pour fouiller la maison où j'avais été séquestré. En fait, les lieux se composaient de deux baraques délabrées, reliées entre elles par un passage souterrain. Dans chacune d'elles, le rez-de-chaussée et le premier étage étaient déserts, dépourvus de meubles, et les fenêtres aux carreaux cassés étaient occultées par des persiennes pourries. Japp avait déjà perquisitionné dans les caves. Il avait découvert le mécanisme secret donnant accès à la salle souterraine où j'avais passé une demi-heure si pénible. Une inspection plus poussée confirma l'impression que j'avais eue la veille au soir : les soieries qui ornaient les murs, les divans et les tapis étaient magnifiques. Je ne connaissais pratiquement rien à l'art chinois, mais je pus néanmoins me rendre compte que chaque objet de la pièce était un chef-d'œuvre dans son genre.

Avec l'aide de Japp et de ses hommes, nous passâmes l'appartement au peigne fin. Sans doute allions-nous trouver des documents importants : par exemple, une liste des principaux agents des Quatre, ou des messages chiffrés détaillant certains de leurs projets. Mais rien ! En fait de papiers, nous dûmes nous contenter des notes que le Chinois avait consultées pour me dicter la lettre. Celles-ci contenaient des indications très complètes sur nos carrières respectives, une analyse de nos caractères et des suggestions sur la meilleure manière de nous attaquer, compte tenu de nos points faibles.

Cette découverte procura à Poirot un plaisir presque puéril. Pour ma part, je n'en voyais pas l'intérêt, d'autant que le compilateur de ces notes s'était ridiculement trompé dans certaines de ses observations. De retour chez nous, j'en fis la réflexion à mon ami :

— Mon cher Poirot, vous savez maintenant ce que l'ennemi pense de nous. Il semble avoir une idée parfaitement exagérée de vos facultés intellectuelles, tandis qu'il sous-estime les miennes de façon absurde. Mais je ne vois pas en quoi cela nous avance.

Poirot émit un petit rire assez vexant.

— Vous ne voyez pas, Hastings ? Vraiment pas ? Mais maintenant que nous sommes prévenus de certains de nos défauts, nous pourrons assurément nous préparer à certaines de leurs méthodes d'attaque. Par exemple, mon bon ami, nous savons que vous devriez réfléchir avant d'agir. Et que si vous rencontrez de nouveau une jeune femme rousse en détresse, vous devriez la regarder — comment dites-vous ? — de travers, c'est cela ?

Nous avions relevé dans les fameuses notes certains commentaires grotesques concernant ma prétendue impulsivité et mon penchant immodéré pour les charmes des jeunes femmes aux cheveux d'une certaine teinte. Je jugeai la réflexion de Poirot du plus mauvais goût mais, heureusement, j'étais en mesure de lui rendre la monnaie de sa pièce.

— Et vous ? Allez-vous tâcher de vous corriger de votre « vanité démesurée » ? De votre « logique tatillonne » ?

Je pus constater que mes citations ne lui faisaient pas plaisir.

— Oh ! sans aucun doute, Hastings, leur jugement est-il erroné sur certains points... Tant mieux ! Le moment venu, ils mesureront leur erreur. En attendant, nous avons au moins appris quelque chose ; et « savoir, c'est être prêt ».

Depuis quelque temps, c'était là sa maxime favorite, et je commençais à en avoir plus qu'assez de l'entendre à tout bout de champ.

— Nous savons quelque chose, Hastings. Oui, nous savons quelque chose — et c'est bien — mais pas encore assez. Nous devons en apprendre davantage.

— Comment ?

Poirot se carra dans son fauteuil, rangea une boîte d'allumettes que j'avais laissé traîner sur la table et prit une attitude que je connaissais trop bien. Il allait se lancer dans une longue péroraison.

— Voyez-vous, Hastings, nous affrontons quatre adversaires, c'est-à-dire quatre personnalités différentes. Le Numéro Un, nous ne l'avons jamais rencontré : nous ne le connaissons que par les marques de son intelligence, si je puis dire. Et je vous dirai en passant, Hastings, que je commence à très bien comprendre cet esprit-là, d'une subtilité très orientale ; toutes les machinations, tous les complots qui ont jalonné notre route ont été conçus par le cerveau de Li Chang Yen. Le Numéro Deux et le Numéro Trois sont si puissants, si importants, qu'ils sont pour le moment hors de notre portée. Néanmoins, ce qui les protège, leur célébrité, nous protège également. Comme ils sont sous les feux de la rampe, ils n'ont pas droit au moindre écart de conduite... Nous en arrivons enfin au dernier membre de la bande, le Numéro Quatre.

La voix de Poirot s'altéra un peu, comme toujours quand il parlait de cet adversaire singulier.

— C'est grâce à leur notoriété et à leur position sociale, que le Numéro Deux et le Numéro Trois sont en mesure de réussir et de poursuivre leur chemin sans encombres. Le Numéro Quatre, lui, réussit pour la raison inverse : il joue sur son anonymat. Qui est-ce ? Nul n'en sait rien. À quoi ressemble-t-il ? Là encore, personne ne le sait. Combien de fois l'avons-nous vu, vous et moi ? Cinq fois, n'est-ce pas ? Pouvons-nous certifier, l'un ou l'autre, que nous le reconnaîtrons à coup sûr la prochaine fois ?

Je passai mentalement en revue les cinq personnages différents qui, aussi incroyable que cela parût, n'étaient qu'un seul et même individu : le grand gaillard de l'asile de fous ; l'homme au pardessus boutonné jusqu'au col qui était venu nous voir à Paris ; James, le valet de pied ; le jeune médecin réservé de l'affaire du Jasmin Jaune ; enfin, le Pr Savaronov. Pas deux de ces personnages ne se ressemblent.

— Non, répondis-je avec découragement. Nous sommes dans le brouillard le plus complet.

Poirot sourit.

— Je vous implore, ne cédez pas aussi vite au désespoir ! Nous savons une ou deux choses.

— Lesquelles, par exemple ? demandai-je, sceptique.

— Nous savons que c'est un homme de taille moyenne, aux cheveux châtain clair ou foncé. S'il était grand et avait le teint mat, il n'aurait pas pu jouer le rôle du médecin blond et trapu. En revanche, c'était un jeu d'enfant que de prendre quelques centimètres supplémentaires pour incarner James ou le professeur russe. De la même façon, il a un nez court et droit. On peut grossir un nez avec un maquillage habile, mais on ne peut pas réduire un gros nez si facilement. D'autre part, ce doit être un homme très jeune, certainement guère plus de trente-cinq ans. Vous voyez, nous arrivons à un résultat : notre homme de trente, trente-cinq ans, de taille moyenne, cheveux châtains, est expert dans l'art du maquillage. En outre, il ne doit lui rester que très peu de dents à lui, peut-être même pas du tout.

— Comment ça ?

— Mais oui, Hastings. Les dents du gardien de l'asile étaient cassées, jaunies ; celles de notre visiteur parisien, blanches et régulières ; celles du médecin avançaient légèrement ; enfin, Savaronov avait des canines d'une longueur extraordinaire. Rien ne modifie le visage comme un changement de dentition. Vous voyez où tout cela nous amène ?

— Pas précisément, répondis-je avec circonspection.

— La profession d'un homme est écrite sur son visage, dit-on.

— C'est un assassin !

— C'est un expert dans l'art du maquillage.

— C'est la même chose.

— Voilà une généralisation hâtive qu'apprécieraient peu les gens de théâtre, Hastings. Ne voyez-vous pas que notre homme est comédien — ou l'a été à un moment donné ?

— Comédien ?

— Mais certainement. Il en possède la technique sur le bout des doigts. Remarquez, il y a deux catégories de comédiens : ceux qui se fondent dans leur rôle et ceux qui parviennent à le marquer de leur personnalité. C'est de cette deuxième catégorie que jaillissent généralement les grands acteurs : ils s'emparent d'un rôle et l'adaptent à leur propre personnalité. Ceux de la première catégorie, en revanche, passent leur vie à jouer Mr Lloyd George dans différents music-halls ou à interpréter des vieillards barbus dans les pièces du répertoire. C'est parmi ceux-là que nous devons chercher notre Numéro Quatre. Sa façon de se glisser dans la peau de chaque personnage fait de lui un artiste suprême.

Je commençais à être intéressé.

— Vous pensez donc pouvoir découvrir son identité grâce à ses liens avec le théâtre ?

— Votre déduction est brillante, Hastings, comme toujours.

— Elle l'aurait été encore davantage si votre idée vous était venue plus tôt, rétorquai-je avec froideur. Nous avons perdu beaucoup de temps.

— Vous êtes dans l'erreur, mon ami. Cette perte de temps était inévitable. Depuis plusieurs mois, mes collaborateurs sont à l'ouvrage. Joseph Aarons, entre autres. Vous vous souvenez de lui ? Ils ont dressé pour moi une liste de personnes remplissant les conditions nécessaires : des hommes jeunes — autour de trente ans —, au physique plus ou moins insignifiant, doués pour les rôles de composition ; de plus, des hommes qui ont définitivement quitté la scène dans l'espace des trois dernières années.

— Et alors ? demandai-je, captivé.

— La liste était, fatalement, assez longue. Depuis quelque temps, nous procédons au tri par élimination. En fin de compte, nous avons retenu quatre noms. Les voici, mon bon ami.

Il me lança une feuille de papier que je lus à haute voix :

— Ernest Luttrell. Fils d'un pasteur du nord de l'Angleterre. De moralité douteuse depuis toujours. Renvoyé de son lycée. Est monté sur les planches à l'âge de vingt-trois ans. (Suivait la liste des rôles qu'il avait interprétés, avec les dates et les lieux.) Drogué notoire. Censé parti pour l'Australie il y a quatre ans. Impossible de retrouver sa trace depuis son départ d'Angleterre. Âge : trente-deux ans ; taille : un mètre soixante-dix-neuf ; visage glabre, cheveux bruns, nez droit, teint clair, yeux gris.

» John St Maur. Pseudonyme. Vrai nom inconnu. Origine probablement cockney. Enfant de la balle. A fait des imitations au music-hall. Aucune nouvelle de lui depuis trois ans. Âge : environ trente-trois ans ; taille : un mètre soixante-dix-sept ; mince, yeux bleus, cheveux blonds.

» Austen Lee. Pseudonyme. Vrai nom : Austen Foly. Bonne famille. A toujours manifesté du goût pour le théâtre, discipline dans laquelle il s'est distingué à Oxford. Excellents états de service durant la guerre. A joué dans... (Suivait la liste habituelle. Celle-ci comportait beaucoup de rôles du répertoire.) Passionné de criminologie. Grave dépression nerveuse à la suite d'un accident de voiture survenu voici trois ans et demi. N'est pas remonté sur les planches depuis lors. Aucun moyen de savoir où il se trouve actuellement. Âge : trente-cinq ans ; taille : un mètre soixante-seize ; teint clair, yeux bleus, cheveux bruns.

» Claude Darrell. Sans doute son vrai nom. Origines mystérieuses. A joué au music-hall et dans des pièces du répertoire. Apparemment, n'a jamais eu d'amis intimes. Voyage en Chine en 1919. Retour par l'Amérique. A joué quelques rôles à New York. Un soir, ne s'est pas présenté sur scène ; pas de nouvelles de lui depuis lors. Disparition inexplicable, selon la police new-yorkaise. Âge : environ trente-trois ans, cheveux bruns, teint clair, yeux gris. Taille : un mètre soixante-dix-neuf.

— Très intéressant, fis-je en rendant le papier à Poirot. Voilà donc le résultat de plusieurs mois de recherches ? Quatre noms... Lequel de ces suspects a votre préférence ?

Poirot esquissa un geste éloquent.

— Pour le moment, mon ami, la question reste

posée. Je voudrais juste vous faire observer, que Claude Darrell a séjourné en Chine et en Amérique. Ce n'est peut-être pas dépourvu de signification, mais il ne faut pas que ce détail nous influence trop. Il s'agit peut-être d'une simple coïncidence.

— Et maintenant ?

— Les affaires sont déjà en train. Chaque jour, nous faisons paraître des annonces prudemment rédigées, demandant aux amis et aux parents des uns ou des autres de se mettre en relation avec mon notaire à son bureau. Aujourd'hui même, peut-être... Tiens, tiens ! le téléphone ! C'est sans doute une erreur de numéro, comme toujours, et la personne exprimera son regret de nous avoir dérangés, mais il n'est pas impossible que... non, il n'est pas impossible... qu'il y ait déjà un résultat.

Je décrochai le combiné.

— Oui, oui, vous êtes bien chez M. Poirot. Oui, capitaine Hastings à l'appareil. Oh ! c'est vous, Mr McNeil ! (McNeil & Hodgson étaient les notaires de Poirot.) Je vais lui faire la commission. Oui, nous arrivons tout de suite.

Je raccrochai et me tournai vers Poirot, les yeux brillants d'excitation.

— Ça y est, Poirot, une femme a répondu à l'appel. Une amie de Claude Darrell, miss Flossie Monro. McNeil vous demande de venir.

— À l'instant ! s'écria Poirot.

Il disparut dans sa chambre et en ressortit coiffé de son chapeau.

Un taxi nous conduisit rapidement à destination, et on nous introduisit dans le bureau privé de Mr McNeil. Assise dans un fauteuil, face au notaire, se trouvait une femme d'allure quelque peu tapageuse, qui n'était plus de première jeunesse. Sa luxuriante chevelure, d'un jaune impossible, lui retombait en boucles sur les oreilles, ses paupières étaient abondamment enduites de noir, et elle ne s'était guère montrée avare en fard à joues ni en rouge à lèvres.

— Ah, voici M. Poirot ! dit Mr McNeil. Monsieur Poirot, je vous présente miss... euh... Monro, qui a bien voulu venir nous donner quelques renseignements.

— Ah, mais c'est trop aimable ! s'exclama Poirot.

Il s'empressa de serrer avec effusion la main de la visiteuse.

— Mademoiselle, vous êtes comme une fleur printanière dans ce vieux bureau poussiéreux ! ajouta-t-il, sans le moindre égard pour Mr McNeil.

Cette flatterie éhontée fit mouche. Miss Monro rougit et se rengorgea.

— Oh ! que dites-vous là, monsieur Poirot ! roucoula-t-elle. Je vous connais, vous autres Français !

— Mademoiselle, nous ne restons pas muets comme les Anglais devant la beauté. Remarquez, je ne suis pas français ; je suis belge, voyez-vous.

— Je connais Ostende, dit miss Monro.

Toute l'affaire se déroulait splendidement, comme aurait dit Poirot.

— Ainsi, mademoiselle, vous pouvez nous renseigner sur Mr Claude Darrell ? reprit le détective.

— J'ai très bien connu Mr Darrell à une certaine époque, expliqua la dame. J'ai lu votre annonce, et comme j'ai des loisirs en ce moment — je suis une comédienne provisoirement au chômage —, je me suis dit : « Tiens ! voilà des gens qui recherchent ce pauvre bougre de Claudie. Des notaires, en plus ; si ça se trouve, c'est une fortune qui attend son héritier. Je ferais mieux d'aller voir tout de suite. »

Mr McNeil se leva.

— Voulez-vous que je vous laisse avoir une petite conversation avec miss Monro, monsieur Poirot ?

— Vous êtes trop courtois, mais restez... il me vient une idée. L'heure du déjeuner approche. Mademoiselle me fera-t-elle l'honneur d'accepter mon invitation ?

Je vis briller les yeux de miss Monro. Ses finances devaient être au plus bas ; dans ces conditions, l'occasion de faire un solide repas n'était pas à dédaigner.

Quelques minutes plus tard, un taxi nous déposait tous les trois devant l'un des restaurants les plus chers de Londres. Lorsque nous fûmes attablés, Poirot commanda un menu des plus délectables et se tourna vers son invitée.

— Et pour le vin, mademoiselle ? Que diriez-vous d'un peu de champagne ?

Miss Monro ne dit rien — ce qui voulait tout dire.

Le repas commença agréablement. Poirot remplit le verre de la dame avec une application constante, attentionnée, et orienta progressivement la conversation vers le sujet qui lui tenait à cœur.

— Pauvre Mr Darrell... Quel dommage qu'il ne soit pas avec nous !

— Oui, en effet, soupira miss Monro. Pauvre garçon, je me demande ce qu'il est devenu.

— Cela fait longtemps que vous ne l'avez pas vu ?

— Oh, des siècles ! Depuis la guerre... C'était un drôle de gars, Claudie, très renfermé ; il ne parlait jamais de lui. Remarquez, ça n'a rien d'étonnant si c'est un héritier disparu. Y a-t-il un titre de noblesse à la clef, monsieur Poirot ?

— Un simple héritage, hélas ! répondit Poirot sans rougir. Mais voyez-vous, il y a peut-être un problème d'identification. C'est pourquoi il nous faut trouver quelqu'un qui l'ait très bien connu, vraiment. Vous le connaissiez très bien, n'est-ce pas, mademoiselle ?

— Je ne vois pas d'inconvénient à vous répondre,

monsieur Poirot. Vous êtes un gentleman. Vous savez composer un menu pour une dame, et on ne peut pas en dire autant des jeunes freluquets d'aujourd'hui. Ce sont tous des radins, voilà mon opinion. Je disais donc... puisque vous êtes français, vous ne serez pas choqué. Ah, vous autres Français ! Des petits coquins ! (Elle le menaça du doigt avec une espièglerie appuyée.) Donc, Claudie et moi, nous étions jeunes... quoi de plus naturel ? D'ailleurs, j'éprouve encore une certaine tendresse pour lui. Et pourtant, il ne me traitait pas bien, attention ! Ça non, pas bien du tout. Il ne me traitait pas comme une dame. Ils sont tous pareils, dès que ça touche les questions d'argent.

— Non, non, mademoiselle, ne dites pas cela, protesta Poirot en remplissant de nouveau le verre de sa voisine. Pourriez-vous me le décrire, ce Mr Darrell ?

— Il n'était pas particulièrement beau garçon, dit Flossie Monro d'une voix rêveuse. Ni grand ni petit, mais bien bâti. Toujours tiré à quatre épingles. Des yeux bleu-gris. Des cheveux plus ou moins blonds. Mais surtout... quel artiste ! *Moi*, je ne connais personne qui lui arrive à la cheville dans la profession ! Il serait déjà célèbre s'il n'avait pas été victime de la jalousie. Ah ! monsieur Poirot, la jalousie... vous ne pouvez pas savoir à quel point nous en souffrons, nous autre comédiens. Tenez, je me rappelle une fois, à Manchester...

Nous écoutâmes avec toute la patience dont nous étions capables l'histoire, longue et compliquée, de la conduite infâme qu'avait eue l'acteur principal d'une pantomime. Lorsqu'elle eut terminé, Poirot la ramena en douceur sur le sujet de Claude Darrell.

— C'est très intéressant, tout ce que vous nous dites sur Mr Darrell, mademoiselle. Les femmes sont extraordinairement observatrices ; elles voient tout, elles remarquent l'infime détail qui échappe aux hommes. J'ai vu une femme identifier un individu parmi une douzaine d'autres... et grâce à quoi, selon vous ? Elle avait remarqué qu'il avait le tic de se caresser le nez quand il était nerveux. Je vous demande, un homme aurait-il pensé à noter un pareil détail ?

— Ça par exemple ! s'écria miss Monro. Oui, il faut croire que nous avons le don d'observation. Maintenant que vous m'y faites penser, je me souviens que Claudie tripotait toujours son pain à table. Il roulait une petite boulette de mie entre ses doigts et s'en servait ensuite pour ramasser les miettes sur la nappe. Je l'ai vu faire ce geste-là cent fois. Parole, je le reconnaîtrais n'importe où, rien qu'à cette manie qu'il avait.

— N'est-ce pas ce que je disais ? L'extraordinaire talent des femmes pour l'observation ! Lui avez-vous parlé de ce tic, mademoiselle ?

— Non, monsieur Poirot. Vous savez comment sont les hommes ! Ils n'aiment pas qu'on leur fasse des remarques de ce genre ; ils prennent ça pour un reproche. Je n'en ai jamais rien dit, mais, plus d'une fois, ça m'a fait sourire intérieurement. Il le faisait sans même s'en rendre compte.

Poirot acquiesça lentement. Je remarquai que sa main tremblait un peu lorsqu'il la tendit vers son verre.

— Il y a aussi l'écriture comme moyen d'établir l'identité de quelqu'un, dit-il. Sans doute avez-vous conservé une lettre écrite par Mr Darrell ?

Flossie Monro secoua la tête d'un air navré.

— Il n'était pas porté sur la correspondance. Jamais il ne m'a écrit une ligne.

— C'est bien dommage, dit Poirot.

— Par contre, j'ai une photo de lui, si ça peut vous servir, ajouta soudain miss Monro.

— Vous avez une photographie ?

L'excitation de Poirot était telle qu'il faillit bondir de son siège.

— Oui, mais elle a été prise il y a longtemps... au moins huit ans.

— Cela ne fait rien ! Même si elle est vieille et jaunie, peu importe ! Ah, ma foi, quelle chance inespérée ! Me permettrez-vous d'examiner cette photographie, mademoiselle ?

— Bien sûr, oui.

— Peut-être même me permettrez-vous d'en faire faire une copie ? Ce ne serait pas long.

— Certainement, si ça peut vous faire plaisir.

Miss Monro se leva.

— Bon, il faut que je me sauve, minauda-t-elle. Ravie de vous avoir rencontré, monsieur Poirot, ainsi que votre ami.

— Et la photographie ? Quand pourrai-je l'avoir ?

— Je la chercherai ce soir. Je crois savoir où la dénicher. Je vous l'enverrai aussitôt.

— Mille mercis, mademoiselle. Vous êtes tout ce qu'il y a de plus aimable. J'espère que nous pourrons bientôt organiser un autre déjeuner ensemble.

— Quand vous voudrez, dit miss Monro. Je ne demande pas mieux.

— Attendez... je ne crois pas avoir votre adresse ?

D'un air solennel, miss Monro sortit de son sac une carte de visite qu'elle tendit à Poirot. C'était une carte pas très propre ; on avait gratté l'ancienne adresse pour inscrire la nouvelle à la place, au crayon.

Avec force courbettes et gesticulations de la part de Poirot, nous prîmes congé de la dame pour rentrer chez nous.

— Trouvez-vous vraiment cette photo si importante ? demandai-je à Poirot.

— Oui, mon ami. Un appareil photographique ne ment pas. On peut agrandir un cliché, n'est-ce pas, saisir des points saillants qui, autrement, échapperaient à l'attention. Et puis il y a mille détails : la forme des oreilles, par exemple, que personne ne pourrait vous décrire avec des mots. Oh ! oui, c'est une grande chance qui nous est offerte là ! C'est pourquoi j'ai l'intention de prendre des précautions.

Tout en parlant, il se dirigea vers le téléphone et composa un numéro qui, je le savais, était celui d'une agence de détectives privés à laquelle il confiait parfois certaines missions. Il donna des instructions précises et formelles : deux hommes devaient aller à l'adresse indiquée et veiller à la sécurité de miss Monro. Ils ne devaient pas la quitter d'une semelle.

Poirot raccrocha et revint vers moi.

— Pensez-vous vraiment que ce soit nécessaire, Poirot ?

— C'est une éventualité. Il ne fait aucun doute que nous sommes surveillés, vous et moi ; ils sauront donc bientôt avec qui nous avons déjeuné aujourd'hui. Et il se peut que le Numéro Quatre flaire le danger.

Une vingtaine de minutes plus tard, le téléphone sonna. J'allai répondre.

— Suis-je bien chez monsieur Poirot ? dit une voix neutre. Ici l'hôpital Saint James. Une jeune femme nous a été amenée il y a dix minutes. Accident de la circulation. Elle s'appelle miss Flossie Monro et réclame monsieur Poirot avec beaucoup d'insistance. Mais il faut qu'il vienne vite ; elle n'en a plus pour longtemps.

J'annonçai la nouvelle à Poirot, qui pâlit.

— Vite, Hastings ! Nous devons filer comme le vent.

Un taxi nous emmena à l'hôpital en moins de dix minutes. Nous demandâmes à voir miss Monro, et on nous conduisit aussitôt au service des urgences.

Une infirmière en coiffe blanche nous attendait sur le seuil. À son expression, Poirot comprit.

— C'est fini, n'est-ce pas ?

— Elle est morte il y a six minutes.

Poirot resta cloué sur place, comme foudroyé.

Se méprenant sur la cause de son émotion, l'infirmière s'employa à le réconforter :

— Elle n'a pas souffert ; elle a perdu connaissance vers la fin. Elle a été renversée par une voiture dont le conducteur ne s'est même pas arrêté. Révoltant, n'est-ce pas ? J'espère qu'un témoin aura relevé le numéro.

— Le destin est contre nous, dit Poirot à voix basse.

— Désirez-vous la voir ?

Nous suivîmes l'infirmière dans la chambre.

Pauvre Flossie Monro, avec son fard et ses cheveux teints... Elle gisait sur le lit, très paisible, un petit sourire aux lèvres.

— Oui, murmura Poirot, le destin est contre nous... Mais est-ce bien le destin ?

Il leva brusquement la tête, comme frappé par une idée subite :

— Est-ce bien le destin, Hastings ? Si jamais... si jamais... Oh ! mon bon ami, je vous le jure devant le corps de cette malheureuse, je n'aurai aucune pitié quand le moment viendra !

— Que voulez-vous dire ?

Mais Poirot s'était tourné vers l'infirmière et la questionnait d'un ton pressant. Il finit par obtenir la liste des objets trouvés dans le sac à main de Flossie Monro. Poirot ne put réprimer un cri étouffé en la parcourant.

— Vous voyez, Hastings, vous voyez ?

— Quoi donc ?

— Cette liste ne mentionne pas de clef. Pourtant, elle devait avoir une clef sur elle. Oui, elle a été écrasée délibérément, et la première personne qui s'est penchée sur elle a subtilisé la clef dans son sac. Mais nous pouvons encore arriver à temps. Il n'a peut-être pas trouvé tout de suite ce qu'il cherchait.

Nous prîmes un autre taxi pour nous rendre à l'adresse donnée par Flossie Monro. C'était une cité sordide, dans un quartier mal famé. Il nous fallut attendre qu'on nous permette d'accéder à l'appartement de miss Monro, mais nous avions au moins un motif de satisfaction : personne ne pouvait en sortir tant que nous montions la garde dehors.

Nous finîmes par entrer. Il fallait se rendre à l'évidence : on nous avait devancés. Les tiroirs et les placards étaient vidés, leur contenu répandu sur le plancher, les serrures fracturées... Dans sa hâte frénétique, l'intrus avait même renversé des petites tables.

Poirot se mit à explorer le fouillis. Soudain, il poussa un petit cri et se redressa en brandissant un objet. C'était un vieux cadre à photo... Vide.

Lentement, il le retourna. Au dos était collée une petite étiquette ronde — le prix.

— Il a coûté quatre shillings, commentai-je.

— Sapristi, Hastings, utilisez vos yeux ! C'est une étiquette propre, toute neuve. Elle a été collée là par l'homme qui nous a précédés et qui a volé la photographie ; sachant que nous allions venir, il a laissé cette « signature » à notre intention. Et cet homme, c'est Claude Darrell... alias le Numéro Quatre.

15

LE TERRIBLE MALHEUR

Ce fut après la mort tragique de miss Flossie Monro que je commençai à constater un changement chez Poirot. Jusqu'à présent, la confiance qu'il avait en lui s'était révélée d'une solidité à toute épreuve ; mais à la longue, les effets d'une tension continue finissaient par se faire sentir. Il devint grave, mélancolique, très irritable. Par moments, il était nerveux comme un chat. Il évitait, dans la mesure du possible, de discuter des Quatre Grands, et s'il paraissait s'adonner à ses occupations ordinaires avec la même ardeur que naguère, je savais qu'il s'occupait activement, en secret, de la Grande Affaire. Des Slaves tous plus étranges les uns que les autres venaient le voir très souvent et, bien qu'il ne m'accordât aucune explication sur ces mystérieuses manœuvres, je compris que ces individus d'allure passablement repoussante l'aidaient à mettre au point un nouveau système de défense ou une arme quelconque. Un jour, en voyant par hasard les écritures de son livret bancaire (il m'avait demandé de vérifier je ne sais quel détail), je m'aperçus qu'il avait payé une somme énorme — même pour lui qui, désormais, roulait sur l'or — à un Russe dont le nom comportait pratiquement toutes les lettres de l'alphabet.

Mais il ne me fournissait aucune lumière sur la ligne de conduite qu'il se proposait d'adopter. Il se contentait de répéter inlassablement la même phrase : « C'est une erreur de sous-estimer son adversaire. Souvenez-vous-en, mon bon ami. » J'en déduisis que c'était là le piège qu'il voulait éviter à tout prix.

La vie continua ainsi jusqu'à la fin mars. Puis, un

matin, Poirot m'annonça une nouvelle qui me surprit énormément :

— Aujourd'hui, mon bon ami, je vous recommande d'enfiler votre plus beau costume. Nous allons rendre visite au ministre de l'Intérieur.

— Vraiment ? Voilà qui est exaltant. Il vous a convoqué pour vous confier une affaire ?

— Pas exactement. Il nous accorde cette entrevue sur ma demande. Vous vous rappelez peut-être que, jadis, je lui ai rendu un petit service ? Depuis lors, il ne tarit pas d'éloges exagérés sur mes talents ; je m'apprête à tirer profit de cet avantage. Comme vous le savez, le président du Conseil français, M. Desjardeaux, est à Londres ; à ma requête, le ministre de l'Intérieur s'est arrangé pour qu'il soit présent à notre petite conférence de ce matin.

Le Très Honorable Sydney Crowther, ministre de l'Intérieur de Sa Majesté, était une personnalité bien connue. Âgé d'une cinquantaine d'années, il avait une expression narquoise et des yeux gris rusés. Il nous reçut avec cette délicieuse bonhomie qui, de l'avis général, était l'un de ses principaux atouts.

Adossé à la cheminée se tenait un homme grand et mince, au visage sensible, arborant une barbe noire taillée en pointe.

— Monsieur Desjardeaux, dit Crowther, permettez-moi de vous présenter Hercule Poirot. Peut-être en avez-vous déjà entendu parler ?

Le Français inclina le buste et serra la main du détective.

— Bien sûr ! Qui n'a pas entendu parler de M. Hercule Poirot ?

— Vous êtes trop courtois, monsieur, dit Poirot en s'inclinant, les joues rouges de plaisir.

— On ne salue pas les vieux amis ? intervint une voix posée.

Debout dans un coin, près d'une haute bibliothèque, un homme s'avança vers nous. C'était notre vieille connaissance, Mr Ingles. Poirot lui serra la main avec chaleur.

— Maintenant, monsieur Poirot, dit Crowther, nous sommes à votre disposition. J'ai cru comprendre que vous aviez une communication de la plus haute importance à nous faire.

— C'est le cas, monsieur. Il y a aujourd'hui dans le monde une vaste organisation criminelle dirigée par quatre individus connus sous le nom de « Quatre Grands ». Le Numéro Un est un Chinois, Li Chang Yen ; le Numéro Deux est le milliardaire américain Abe Ryland ; le Numéro Trois, une Française ; le Numéro Quatre, selon moi, un obscur comédien anglais nommé Claude Darrell. Ces quatre personnages se sont ligués pour détruire l'ordre social existant et le remplacer par une anarchie sur laquelle ils régneraient en dictateurs.

— Incroyable, marmonna le Français. Ryland, mêlé à une histoire pareille ? C'est par trop invraisemblable !

— Écoutez, monsieur, quelques-uns des exploits de ces Quatre Grands.

S'ensuivit un captivant récit de Poirot. J'avais beau en connaître tous les détails par cœur, ils me procurèrent des émotions toutes neuves tandis que j'écoutais le détective raconter sans fioritures nos aventures et nos évasions.

Lorsque Poirot eut terminé, M. Desjardeaux regarda Mr Crowther sans mot dire. L'autre lui rendit son regard.

— Oui, monsieur Desjardeaux, je crois que nous devons admettre l'existence de ces « Quatre Grands ». Au début, Scotland Yard en a fait des gorges chaudes, mais ils ont été forcés de reconnaître qu'une grande partie des assertions de M. Poirot étaient exactes. Pour ma part, je ne puis m'empêcher de penser que M. Poirot... euh... exagère un peu.

En guise de réponse, Poirot décrivit dix événements saillants qui s'étaient produits dans un passé récent. On m'a demandé de ne pas les révéler au public, même aujourd'hui ; je m'abstiendrai donc de le faire. Je puis dire néanmoins qu'il mentionna toute une série d'accidents d'avion et d'atterrissages forcés, ainsi que les extraordinaires catastrophes qui, on le sait, avaient causé la perte d'un grand nombre de sous-marins. Selon Poirot, tous ces sabotages étaient l'œuvre des Quatre Grands et témoignaient du fait qu'ils détenaient des secrets scientifiques inconnus du reste du monde.

Cela nous amena tout droit à la question que j'attendais du président du Conseil français :

— Vous dites que le troisième membre de cette organisation est une Française. Avez-vous une idée de son nom ?

— C'est un nom célèbre, monsieur. Un nom respecté. Le Numéro Trois n'est pas moins que la fameuse Mme Olivier.

En entendant prononcer le nom de la savante mondialement connue, héritière des Curie, M. Desjardeaux bondit de son fauteuil, le visage empourpré par l'émotion.

— Mme Olivier ? Impossible ! Absurde ! Cette accusation est une insulte !

Poirot secoua doucement la tête sans répondre.

Desjardeaux le regarda un moment avec stupéfaction. Puis, recouvrant son sang-froid, il lança un coup d'œil au ministre de l'Intérieur et se tapota le front en un geste significatif.

— M. Poirot est un grand homme, dit-il. Mais les grands hommes eux-mêmes ont parfois... leurs petites marottes, n'est-ce pas ? Ils cherchent dans les hautes sphères des complots imaginaires ; c'est bien connu. Vous partagez certainement mon avis, Mr Crowther ?

Le ministre de l'Intérieur resta silencieux quelques instants. Quand il répondit enfin, ce fut d'une voix lente, soucieuse :

— Je n'en sais rien, ma foi ! J'ai toujours eu — et j'ai encore — la plus grande confiance en M. Poirot, mais... cette histoire est quand même un peu dure à avaler.

— Et ce Li Chang Yen ? reprit M. Desjardeaux. Qui a seulement entendu parler de lui ?

De façon inattendue, la voix de Mr Ingles se fit entendre :

— Moi.

Le Français le regarda, les yeux ronds. Mr Ingles lui rendit son regard avec placidité ; il ressemblait plus que jamais à une idole chinoise.

— Mr Ingles est notre plus grand spécialiste en politique chinoise, expliqua le ministre de l'Intérieur.

— Et vous avez entendu parler de ce Li Chang Yen ?

— Avant que M. Poirot ne vienne me trouver, je pensais être la seule personne en Angleterre à connaître son existence. Ne vous y trompez pas, monsieur Desjardeaux : un seul homme, aujourd'hui, compte en Chine : Li Chang Yen. Il possède peut-être — je dis bien : peut-être — la plus grande intelligence du monde à l'heure actuelle.

M. Desjardeaux en demeura abasourdi et finit par rendre les armes.

— Il y a peut-être du vrai dans ce que vous dites, monsieur Poirot, déclara-t-il avec froideur. Mais en ce qui concerne Mme Olivier, vous vous trompez du tout au tout. C'est une patriote irréprochable, entièrement dévouée à la cause de la science.

Poirot haussa les épaules sans mot dire.

Après un silence d'une minute ou deux, mon ami se leva, d'un air digne qui contrastait bizarrement avec son allure pittoresque.

— Voilà tout ce que j'ai à dire, messieurs — pour vous avertir. Je pensais bien avoir du mal à vous convaincre. Mais au moins, vous serez sur vos gardes. Vous aurez mes paroles à l'esprit et, chaque fois qu'il se produira un événement nouveau, votre confiance vacillante sera affermie. Il m'était nécessaire de parler maintenant car, plus tard, je n'aurais peut-être pas été en mesure de le faire.

— Vous voulez dire... ? demanda Crowther, impressionné malgré lui par la gravité de Poirot.

— Je veux dire, monsieur, que puisque j'ai percé l'identité du Numéro Quatre, ma vie ne vaut pas cher. Il essaiera de me détruire par tous les moyens : ce n'est pas pour rien qu'on le nomme « le Destructeur ». Messieurs, je vous salue. À vous, Mr Crowther, je remets cette clef et cette enveloppe cachetée. J'ai rassemblé toutes mes notes sur cette affaire, avec mes suggestions sur les meilleurs moyens d'affronter la menace qui, d'un jour à l'autre, peut fondre sur le monde, et j'ai déposé le tout dans un coffre. Si je venais à mourir, Mr Crowther, je vous autorise à prendre possession de ces documents et à en faire l'usage que vous voudrez. Et maintenant, messieurs, je vous souhaite une bonne journée.

Desjardeaux se contenta d'incliner le buste avec raideur. Crowther, lui, se leva avec empressement et tendit la main au détective.

— Vous m'avez convaincu, monsieur Poirot. Si invraisemblable que paraisse cette histoire, je vous fais une confiance absolue.

Ingles partit en même temps que nous.

— Je ne suis pas déçu par cette réunion, dit Poirot tandis que nous nous éloignions. Je n'espérais pas convaincre Desjardeaux, et j'ai au moins acquis la certitude que, si je meurs, les informations que j'ai recueillies ne mourront pas avec moi. En outre, j'ai fait un ou deux convertis. Pas si mal !

— Je suis de votre côté, vous le savez, dit Ingles. À propos, je partirai pour la Chine dès que je pourrai me libérer.

— Est-ce bien sage ?

— Non, dit sèchement Ingles, mais c'est nécessaire. On doit faire ce qu'on peut.

— Ah ! vous êtes un homme plein de bravoure ! s'écria Poirot avec émotion. Si nous n'étions pas dans la rue, je vous embrasserais.

Ingles me parut singulièrement soulagé.

— Je ne serai pas plus en danger en Chine que vous à Londres, grogna-t-il.

— C'est peut-être assez vrai, admit Poirot. Tout ce que j'espère, c'est qu'ils ne réussiront pas à massacrer aussi Hastings. Cela m'ennuierait grandement.

J'interrompis cette joyeuse conversation pour faire observer que je n'avais nullement l'intention de me laisser massacrer. Peu après, Ingles nous quitta pour rentrer chez lui.

Nous marchâmes quelque temps en silence. Silence que Poirot rompit enfin par une déclaration totalement inattendue :

— Je pense... je pense vraiment... que je vais devoir faire intervenir mon frère.

— Votre frère ? répétai-je, interloqué. Vous avez donc un frère ?

— Vous me surprenez, Hastings. Ne savez-vous pas que tous les détectives illustres ont des frères qui seraient encore plus illustres qu'eux s'ils n'étaient affligés d'indolence congénitale ?

Poirot adopte parfois un ton singulier qui rend pratiquement impossible de savoir s'il plaisante ou s'il parle sérieusement. C'était le cas en l'occurrence.

— Comment se prénomme-t-il, votre frère ? demandai-je, essayant de me faire à cette nouvelle idée.

— Achille, répondit-il avec gravité. Il vit près de Spa, en Belgique.

Tout en m'interrogeant vaguement sur le tempérament de feu Mme Poirot et sur son goût pour les prénoms du répertoire classique, je m'enquis avec curiosité :

— Que fait-il dans la vie ?

— Rien. Il a, je vous le répète, une nature notoirement indolente. Pourtant, ses capacités valent presque les miennes — ce qui n'est pas peu dire !

— Vous ressemble-t-il physiquement ?

— Un peu, mais il est loin d'être aussi beau que moi. Et il ne porte pas de moustaches.

— Est-il plus âgé ou plus jeune que vous ?

— Il se trouve que nous sommes nés le même jour.

— Un jumeau !

— Précisément, Hastings. Vous sautez à la juste conclusion avec une infaillible exactitude. Mais nous voici à la maison. Occupons-nous sans tarder du mystère du collier de la duchesse.

Mais il était dit que le collier de la duchesse attendrait. Une affaire d'une tout autre importance nous sollicitait.

Notre logeuse, Mrs Pearson, nous informa qu'une infirmière était là, qui désirait voir Poirot.

Assise dans le grand fauteuil face à la fenêtre, c'était une femme entre deux âges, au visage avenant, vêtue d'un uniforme bleu marine. Elle se fit un peu prier pour en venir à l'objet de sa visite, mais Poirot eut tôt fait de la mettre à l'aise, et elle entra dans le vif du sujet :

— Excusez-moi, monsieur Poirot, mais c'est la première fois que je rencontre un cas de ce genre... La communauté des Sœurs de Lark m'a envoyée dans le Hertfordshire pour m'occuper d'un malade, un vieux monsieur du nom de Templeton. La maison est très agréable, la famille charmante. L'épouse, Mrs Templeton, est beaucoup plus jeune que son mari, et celui-ci a un fils d'un premier mariage qui habite avec eux. Je ne pense pas que le jeune homme et sa belle-mère s'entendent toujours très bien. En fait, ce n'est pas un garçon tout à fait normal ; sans être exactement « débile », il est assurément un peu faible d'esprit. Bref, dès le début, la maladie de Mr Templeton m'a semblé bizarre. Par moments, il allait très bien ; et puis, d'un seul coup, il était pris de crampes d'estomac et de vomissements. Mais comme le médecin ne s'en inquiétait pas outre mesure, ce n'était pas à moi de faire une réflexion. N'empêche que je n'en pensais pas moins. Et puis...

Elle s'interrompit, rougissante.

— Il s'est passé quelque chose qui a éveillé vos soupçons ? l'encouragea Poirot.

— Oui.

Elle semblait avoir encore du mal à raconter la suite.

— J'ai découvert qu'une rumeur circulait parmi les domestiques, dit-elle enfin.

— Sur la maladie de Mr Templeton ?

— Oh, non ! Sur... sur...

— Mrs Templeton ?

— Oui.

— Mrs Templeton et le médecin, c'est cela ?

Poirot avait un flair inouï pour ces choses-là.

L'infirmière lui lança un regard débordant de reconnaissance et poursuivit :

— Donc, les domestiques chuchotaient. Et un jour, par hasard, je les ai vus tous les deux, moi aussi... ensemble... dans le jardin...

Elle en resta là. Notre cliente était tellement perturbée par ce manquement à la décence que personne n'aurait eu le cœur de lui faire préciser ce qu'elle avait vu dans le jardin. De toute évidence, elle en avait vu suffisamment pour se faire une idée de la situation.

— Les crises de Mr Templeton sont allées en empirant. Selon le Dr Treves, c'est l'évolution logique et normale de la maladie, et Mr Templeton n'en a plus pour longtemps à vivre. Pour ma part, je n'ai jamais rien vu de semblable, et j'ai pourtant une longue expérience d'infirmière derrière moi. À mon avis, ça ressemble davantage à une forme de...

Elle s'interrompit, hésitante.

— Un empoisonnement à l'arsenic? suggéra Poirot.

— Oui. En plus, un jour, il a dit — je parle de mon malade — il a dit quelque chose de bizarre : « Ils me feront la peau, tous les quatre. Ils finiront par m'avoir. »

— Hein? s'exclama Poirot.

— Ce sont ses propres mots, monsieur Poirot. Remarquez, il souffrait beaucoup à ce moment-là et savait à peine ce qu'il disait.

— « Ils me feront la peau, tous les quatre... », répéta Poirot d'un air songeur. Qu'entendait-il par « tous les quatre », d'après vous?

— Je ne saurais dire, monsieur Poirot. J'ai pensé qu'il parlait peut-être de sa femme, de son fils, du médecin — et de miss Clark, la dame de compagnie de

Mrs Templeton. Cela fait bien quatre, n'est-ce pas? Il s'imagine peut-être qu'ils complotent contre lui.

— Tout à fait, tout à fait, dit Poirot d'un air préoccupé. Et la nourriture? Vous n'avez pas pu prendre des précautions sur ce point?

— Je fais ce que je peux, bien sûr, mais Mrs Templeton insiste parfois pour lui porter elle-même ses repas. En outre, je ne suis pas de garde en permanence.

— Évidemment. Et vous n'êtes pas assez sûre de votre théorie pour aller trouver la police?

L'infirmière parut horrifiée à cette seule idée.

— Je vais vous expliquer ce que j'ai fait, monsieur Poirot. Hier, Mr Templeton a eu une très forte crise après avoir pris un bol de potage; alors j'ai raclé le fond du bol et je vous l'ai apporté. Comme Mr Templeton allait assez bien aujourd'hui, j'ai pu prendre ma journée sous prétexte de rendre visite à ma mère malade.

Elle sortit de son sac un petit flacon rempli d'un liquide sombre, qu'elle tendit à Poirot.

— Excellent, mademoiselle. Nous allons le faire analyser sur-le-champ. Si vous voulez bien revenir dans... mettons, une heure, nous serons en mesure de vous dire si vos soupçons sont fondés ou non.

Poirot raccompagna notre visiteuse, non sans lui avoir demandé ses nom et qualité. Il rédigea ensuite un mot qu'il fit porter au laboratoire avec le flacon de potage. En attendant les résultats, Poirot s'amusa à vérifier les références de l'infirmière, ce qui me surprit.

— Non, non, mon bon ami, déclara-t-il. Je fais bien d'être prudent. N'oubliez pas que les Quatre Grands nous traquent.

Il ne tarda pas à obtenir la confirmation: une infirmière du nom de Mabel Palmer, membre de l'Institut de Lark, avait bien été envoyée auprès du malade en question.

— Rien à signaler, dit-il, l'œil pétillant. Tenez, voici l'infirmière qui revient, et voici également le rapport de notre analyste.

— Y avait-il de l'arsenic ? demanda miss Palmer, le souffle court.

— Non, dit Poirot en repliant le papier.

Nous en fûmes tous deux extrêmement surpris.

— Il n'y avait pas d'arsenic, continua Poirot, mais il y avait de l'antimoine. En conséquence, nous allons partir immédiatement pour le Hertfordshire. Prions le ciel qu'il ne soit pas trop tard.

Il fut décidé que Poirot se présenterait pour ce qu'il était : un détective. Mais le but officiel de sa visite serait d'interroger Mrs Templeton sur une de ses anciennes domestiques — dont Mabel Palmer lui avait donné le nom — censée être impliquée dans un vol de bijoux.

Il était tard lorsque nous arrivâmes à Elmstead, la propriété des Templeton. Nous avions laissé vingt bonnes minutes d'avance à l'infirmière afin de ne pas éveiller les soupçons en arrivant tous ensemble.

Nous fûmes reçus par Mrs Templeton, grande femme brune aux mouvements gracieux et au regard fuyant. Lorsque Poirot déclina sa profession, je la vis retenir brusquement son souffle, comme effarouchée, mais elle répondit d'assez bonne grâce à ses questions concernant la domestique. Ensuite, pour la mettre à l'épreuve, Poirot se lança dans le long récit d'une affaire d'empoisonnement où la coupable était l'épouse de la victime. Tout en parlant, il ne quittait pas des yeux le visage de Mrs Templeton ; celle-ci, malgré tous ses efforts, avait peine à camoufler son agitation croissante. Soudain, elle bredouilla une excuse incompréhensible et sortit précipitamment de la pièce.

Nous ne restâmes pas longtemps seuls. Un homme

trapu, portant une petite moustache rousse et un lorgnon, fit son entrée quelques minutes plus tard.

— Dr Treves, se présenta-t-il. Mrs Templeton vous demande de bien vouloir l'excuser. Elle est à bout : la tension nerveuse, le souci qu'elle se fait pour son mari, tout ça... Je lui ai conseillé de prendre du bromure et de se mettre au lit. Mais elle espère que vous resterez dîner à la fortune du pot ; je jouerai le rôle du maître de maison. Nous avons beaucoup entendu parler de vous par ici, monsieur Poirot, et nous voulons pleinement profiter de vous. Ah, voici Micky !

Un jeune homme entra dans la pièce en traînant les pieds. Il avait un visage tout rond et des sourcils en accent circonflexe qui lui donnaient un air perpétuellement étonné. Il nous serra la main en arborant un grand sourire emprunté. À n'en pas douter, c'était le fils « débile ».

Nous ne tardâmes pas à passer à table. Le Dr Treves quitta un moment la salle à manger — pour déboucher une bouteille de vin, je suppose — et, dès qu'il fut sorti, la physionomie du jeune garçon changea de façon stupéfiante. Il se pencha en avant, les yeux rivés sur Poirot.

— Vous êtes venu pour Père. Je le *sais*. Moi, je sais beaucoup de choses, mais personne ne s'en doute. Mère sera contente quand Père sera mort et qu'elle pourra épouser le Dr Treves. Ce n'est pas ma vraie mère, vous savez. Je ne l'aime pas. Elle veut la mort de Père.

Ce monologue avait quelque chose d'assez horrible. Par bonheur, le médecin revint avant que Poirot n'ait eu le temps de répondre, et nous nous battîmes les flancs pour trouver de quoi alimenter la conversation.

Soudain, Poirot se tassa sur sa chaise en poussant un

gémissement caverneux, le visage convulsé par la douleur.

— Cher monsieur, qu'avez-vous ? s'écria le médecin.

— Une crampe d'estomac... Cela m'arrive quelquefois. Non, non, je n'ai pas besoin de vos soins, docteur. Si je pouvais seulement m'allonger en haut...

On accéda aussitôt à sa requête et je l'accompagnai dans une chambre du premier étage, où il s'effondra sur le lit en poussant des plaintes bruyantes.

Sur le moment, je m'y étais laissé prendre, mais j'avais vite compris que Poirot « faisait son cirque » — comme il aurait dit. Il cherchait en réalité à se retrouver près de la chambre du malade.

Je ne fus donc pas surpris de le voir bondir sur ses pieds dès que nous fûmes seuls.

— Vite, Hastings, la fenêtre ! Il y a du lierre au-dehors. Descendons le long du mur avant qu'ils commencent à avoir des soupçons.

— Le long du mur ?

— Oui, nous devons sortir de cette maison tout de suite. Vous avez vu ce qu'il faisait, au dîner ?

— Le médecin ?

— Non, le jeune Templeton. Ce geste avec son pain... Vous vous rappelez ce que Flossie Monro nous a dit avant de mourir ? Claude Darrell avait la manie de ramasser les miettes sur la table avec une boulette de mie ? Hastings, ceci est un vaste complot, et ce jeune homme au regard vide n'est autre que notre ennemi juré : le Numéro Quatre ! Dépêchons.

Je ne discutai pas. Tout cela paraissait incroyable, mais je jugeai plus sage de ne pas perdre de temps. Le plus silencieusement possible, nous descendîmes en nous cramponnant au lierre, puis nous filâmes tout droit vers le village et la gare, juste à temps pour attraper le dernier train, celui de 20 h 34, qui arrivait à Londres vers 23 heures.

— Un complot..., dit Poirot d'un air songeur. Combien y avait-il de complices, je me demande ? Je soupçonne que tous les membres de la famille Templeton sont des agents des Quatre Grands. Voulaient-ils simplement nous attirer là-bas, ou bien avaient-ils un plan plus subtil ? Comptaient-ils nous jouer la comédie et m'occuper pendant que... pendant que quoi ? Je me le demande...

Il demeura absorbé dans ses pensées.

De retour à notre appartement, il me retint par le bras au moment où j'allais entrer dans le salon.

— Attention, Hastings. J'ai mes soupçons. Laissez-moi passer en premier.

Je ne pus me défendre d'un léger amusement en le voyant actionner prudemment l'interrupteur avec une vieille guêtre. Il fit ensuite le tour de la pièce, lentement, à pas feutrés, comme un chat à l'affût du danger. Je l'observai un moment, restant docilement à ma place, près du mur.

— Tout semble normal, Poirot, dis-je avec impatience.

— Tout le semble en effet, mon bon ami, il semble. Mais nous devons être sûrs.

— Foutaises ! En tout cas, moi, je vais allumer le feu et fumer une bonne pipe. Tiens, tiens ! Pour une fois, c'est moi qui vous prends en défaut : vous êtes le dernier à vous être servi des allumettes et vous ne les avez pas rangées. Exactement ce que vous me reprochez sans arrêt !

Comme je tendais la main, j'entendis le cri d'avertissement de Poirot... je le vis bondir vers moi... mes doigts touchèrent la boîte d'allumettes.

Il y eut une grande flamme bleue... une déflagration assourdissante... puis les ténèbres...

Lorsque je revins à moi, le visage familier de notre vieil ami le Dr Ridgeway était penché sur moi. Une expression de soulagement se peignit sur ses traits.

— Ne bougez pas, dit-il d'un ton apaisant. Il y a eu un accident, mais vous n'avez rien.

— Et Poirot ? murmurai-je.

— Vous êtes dans mon gourbi. Tout va très bien.

Une peur glacée m'étreignit le cœur. Son refus de répondre fit naître en moi une horrible crainte.

— Et Poirot ? répétai-je. Où est Poirot ?

Il fallait que je sache. Le médecin s'en aperçut et renonça à tergiverser plus longtemps.

— Par miracle, vous vous en êtes tiré... Pas Poirot, hélas !

Un cri jaillit de mes lèvres :

— Mort ? Il n'est pas mort ?

Ridgeway baissa la tête, le visage crispé par l'émotion.

Avec l'énergie du désespoir, je me dressai en position assise.

— Poirot est peut-être mort, dis-je d'une voix faible, mais son exemple nous reste. Je reprendrai le flambeau ! Mort aux Quatre Grands !

Puis je retombai en arrière, évanoui.

16

LE CHINOIS AGONISANT

Aujourd'hui encore, il m'est presque insupportable de relater ces journées de mars.

Poirot, mort ! L'unique, l'inimitable Hercule Poirot... Le stratagème utilisé pour l'attentat avait quelque chose de particulièrement diabolique : en effet, cette boîte d'allumettes qui traînait ne pouvait manquer d'attirer l'attention de Poirot, qui s'empresserait de la ranger, déclenchant par là-même l'explosion. En fait, c'était moi qui avais précipité la catastrophe, et j'en conçus pendant longtemps d'inutiles remords. Selon le Dr Ridgeway, c'était un véritable miracle que je m'en sois sorti avec une légère commotion.

Bien que j'aie eu l'impression de reprendre conscience presque immédiatement, j'étais resté dans le coma plus de vingt-quatre heures. Ce fut seulement le lendemain soir que je pus aller en titubant dans la pièce voisine, les jambes flageolantes, pour me recueillir avec une profonde émotion devant le cercueil en orme, tout simple, qui renfermait les restes d'un des hommes les plus extraordinaires que la terre eût jamais portés.

Dès l'instant où j'étais revenu à moi, je n'avais eu qu'une seule idée en tête : venger la mort de Poirot et pourchasser impitoyablement les Quatre Grands.

J'avais pensé que Ridgeway m'encouragerait dans ce projet mais, à ma grande surprise, le brave médecin se montra d'une tiédeur inexplicable.

— Retournez en Argentine, me conseillait-il en toute occasion. Pourquoi tenter l'impossible ?

Exprimée avec le maximum de délicatesse, sa pensée se résumait à cela : si Poirot, le grand Poirot, avait échoué, comment pouvais-je espérer réussir ?

Je m'entêtai pourtant. Sans même me préoccuper de savoir si j'avais les qualités requises pour cette tâche — et je me permets de dire en passant que je ne partageais pas l'opinion du Dr Ridgeway sur ce point —, je me sentais pleinement capable de reprendre l'œuvre de Poirot là où il l'avait laissée. J'avais travaillé si longtemps à ses côtés que je connaissais ses méthodes par cœur ; en outre, n'était-ce pas pour moi une question de sentiment ? Mon ami avait été lâchement assassiné. Pouvais-je retourner tête basse en Argentine sans même essayer de livrer ses meurtriers à la justice ?

Voilà ce que j'expliquai — entre autres choses — à Ridgeway. Après m'avoir écouté avec attention, il me fit cette déclaration :

— Je n'en persiste pas moins dans mon opinion. Je suis persuadé que Poirot lui-même, s'il était là, vous pousserait à repartir. En son nom, Hastings, je vous conjure de renoncer à ce projet insensé et de regagner votre ranch.

Il n'y avait pour moi qu'une réponse possible. Le médecin secoua tristement la tête et n'insista pas davantage.

Il me fallut un mois pour me rétablir complètement. Vers la fin avril, je sollicitai du ministre de l'Intérieur un entretien qui me fut accordé.

Mr Crowther, à l'instar du Dr Ridgeway, s'employa à me tranquilliser et à me dissuader de rester. Tout en se déclarant reconnaissant de l'aide que je lui proposais, il la refusa avec courtoisie. Il avait maintenant en sa possession la documentation laissée par Poirot, et il m'assura que ses services prenaient toutes les mesures nécessaires pour faire face à la menace qui se précisait.

Je dus me contenter de ce froid réconfort. Mr Crowther mit fin à l'entretien en m'engageant vivement à retourner en Argentine. Au total, ma démarche me laissa profondément insatisfait.

Sans doute aurais-je dû décrire plus tôt l'enterrement de Poirot. Ce fut une cérémonie solennelle et émouvante. La quantité de fleurs et de couronnes qui affluèrent dépasse l'imagination. Il en venait de partout, de tous les milieux de la société, des plus huppés aux plus humbles. Voilà qui montrait avec éclat quelle place mon ami s'était faite dans son pays d'adoption. Pour ma part, je me laissai sincèrement envahir par l'émotion quand, au bord de la tombe, me revinrent en mémoire toutes nos aventures et les moments heureux passés ensemble.

Début mai, mon plan de campagne était arrêté. Le mieux, me semblait-il, était de m'en tenir à la méthode de Poirot : faire paraître des annonces afin de recueillir des renseignements sur Claude Darrell. J'insérai donc une annonce dans un certain nombre de quotidiens du matin. Un jour, attablé dans un petit restaurant de Soho, je relisais le texte pour juger de l'effet produit quand, au détour d'une page, une brève me causa un choc désagréable.

L'entrefilet, très court, signalait qu'un certain Mr John Ingles, voyageant à bord du S.S. *Shangaï*, avait mystérieusement disparu peu après que le paquebot eut quitté Marseille. Malgré le calme plat, on craignait que le malheureux ne fût tombé à la mer. Le paragraphe se terminait par un bref commentaire sur la longue et remarquable carrière de Mr Ingles en Chine.

La nouvelle était déplaisante. De toute évidence, la mort d'Ingles recelait un sinistre mobile. Pas un instant je ne crus à la thèse de l'accident. Ingles avait été assassiné, et sa mort était l'œuvre de ces maudits Quatre Grands.

Assommé par le choc, je retournais cette histoire dans ma tête quand, soudain, le comportement de l'homme assis en face de moi me fit tressaillir. Je ne lui avais guère prêté attention jusqu'alors. D'âge moyen, mince, brun, le teint terreux, une petite barbiche en pointe, il s'était installé si discrètement à ma table que je ne m'en étais pas aperçu.

Mais il se comportait maintenant d'une façon bizarre, pour ne pas dire plus. Il se pencha vers moi et me servit du sel, formant quatre petits tas sur le pourtour de mon assiette.

— Veuillez m'excuser, dit-il d'une voix monocorde. On prétend que servir du sel à un inconnu, c'est lui porter malheur. Peut-être est-ce parfois inévitable, mais ce ne sera sans doute pas le cas en l'occurrence. J'espère que vous vous montrerez raisonnable.

Avec une certaine insistance, il se livra au même manège dans sa propre assiette. L'allusion au chiffre « 4 » était trop évidente pour qu'on puisse la manquer. Je scrutai le visage de mon vis-à-vis. Pour autant que je pusse en juger, il ne ressemblait nullement au jeune Templeton, ni à James, le valet de pied, ni à aucun des autres personnages qui avaient croisé notre route à un moment quelconque. J'eus néanmoins la conviction d'avoir devant moi le redoutable Numéro Quatre en personne. Sa voix ressemblait indubitablement, bien que très vaguement, à celle de l'inconnu au pardessus boutonné qui était venu nous voir à Paris.

Je regardai autour de moi, ne sachant trop quel parti adopter.

— Je ne vous le conseille pas, dit-il, comme s'il lisait dans mes pensées. Rappelez-vous le résultat de votre attaque intempestive, à Paris. Je peux vous assurer que j'ai bien préparé ma fuite. Vos idées ont tendance à être un peu... frustes, capitaine Hastings, si je puis me permettre.

— Vous êtes le diable ! hoquetai-je, suffoquant de rage. Le diable incarné !

— Là, là, ne vous énervez pas... Votre défunt ami vous dirait qu'un homme qui garde son calme a toujours un grand avantage.

— Vous osez parler de lui ? m'écriai-je. De cet

homme que vous avez lâchement assassiné ? Et vous venez ici...

Il m'interrompit :

— Je suis venu dans un but louable et pacifique : vous conseiller de retourner immédiatement en Amérique du Sud. Si vous obtempérez, les Quatre Grands en resteront là. Vous et les vôtres ne serez pas inquiétés. Je vous en donne ma parole.

J'éclatai d'un rire méprisant.

— Et si je refuse d'obéir à cette sommation ?

— On ne saurait parler de sommation. Disons plutôt... un avertissement. (Il parlait d'un ton froid, menaçant.) Le premier avertissement, ajouta-t-il à mi-voix. Vous serez bien avisé de ne pas le prendre à la légère.

Avant même que j'aie pu deviner son intention, il se leva et se faufila vers la porte. Je bondis aussitôt à sa poursuite, mais, par malchance, je heurtai un monstrueux obèse qui bloquait le passage entre deux tables. Le temps que je me dégage, ma proie franchissait déjà le seuil. Un nouvel obstacle surgit sous la forme d'un serveur qui portait une haute pile d'assiettes et qui me rentra dedans sans crier gare. Lorsque j'arrivai enfin à la porte, il n'y avait aucune trace de l'homme à la barbiche noire.

Le serveur se confondit en excuses ; l'obèse, placidement installé à une table, commandait son déjeuner. Les deux incidents n'étaient apparemment imputables qu'au seul hasard, mais je n'en avais pas moins ma petite idée sur la question. N'étais-je pas bien placé pour savoir que les Quatre Grands avaient des agents partout ?

Inutile de dire que je ne tins aucun compte de l'avertissement qu'on m'avait adressé. J'étais prêt à vaincre ou à mourir pour la bonne cause.

Je ne reçus au total que deux réponses à mes

annonces. Ni l'une ni l'autre ne m'apportèrent de renseignements utiles. Elles émanaient de comédiens qui avaient joué avec Claude Darrell à un moment donné, mais qui ne le connaissaient pas intimement. Ils ne purent me fournir aucun éclaircissement sur sa personne ni sur l'endroit où il se trouvait actuellement.

Une dizaine de jours plus tard, je devais encore recevoir des nouvelles des Quatre Grands. Je traversais Hyde Park, perdu dans mes pensées, quand une voix caressante, teintée d'un fort accent étranger, m'apostropha :

— Capitaine Hastings, c'est bien vous ?

Une grande limousine s'était arrêtée à ma hauteur et une femme se penchait à la portière. Ravissante dans sa robe noire, un magnifique collier de perles autour du cou, je reconnus celle que nous avions d'abord connue sous le nom de comtesse Vera Rossakov, puis sous une identité différente depuis qu'elle collaborait avec les Quatre Grands. Poirot, pour je ne sais quelle raison, avait toujours éprouvé une secrète tendresse pour la comtesse. Cette personnalité flamboyante attirait le petit détective. « Des femmes comme elle, déclarait-il dans ses moments d'enthousiasme, on n'en trouve qu'une sur mille. » Le fait quelle combattît dans le camp de nos pires ennemis n'avait jamais semblé peser sur son jugement.

— Ah, ne passez pas votre chemin ! dit la comtesse. J'ai une chose importante à vous dire. Et n'essayez pas non plus de me faire appréhender, ce serait stupide. Remarquez, vous avez toujours été un peu stupide... si, si. Et vous l'êtes encore maintenant, quand vous persistez à dédaigner l'avertissement que nous vous avons adressé. Je vous lance maintenant le deuxième avertissement. Quittez l'Angleterre tout de suite. Vous ne pouvez rien faire de bien ici, je vous le dis franchement. Vous n'arriverez à rien du tout.

— Dans ce cas, répliquai-je avec raideur, il est bien extraordinaire que vous soyez tous si pressés de me voir quitter le pays.

La comtesse haussa les épaules : des épaules magnifiques, un geste superbe.

— Pour ma part, je trouve aussi cela stupide. Moi, je vous laisserais volontiers faire joujou ici tout à loisir. Mais voyez-vous, mes chefs ont peur qu'une de vos indications n'éclaire un esprit supérieur au vôtre... Par conséquent... il faut vous chasser.

Apparemment, la comtesse avait une haute idée de mes capacités. Je dissimulai mon irritation. Sans aucun doute, elle adoptait cette attitude à dessein, pour m'agacer et tenter de me persuader que je comptais pour du beurre.

— Bien sûr, reprit-elle, il serait très facile de vous... éliminer, mais je suis une grande sentimentale. J'ai plaidé votre cause. Vous avez une gentille petite femme quelque part, n'est-ce pas ? Et le pauvre petit bonhomme qui est mort serait content de savoir que vous ne serez pas tué. Je l'ai toujours bien aimé, vous savez. Il était intelligent... si intelligent ! S'il n'avait pas été seul contre quatre, je crois honnêtement qu'il aurait pu nous battre. Je l'avoue en toute sincérité, c'était mon maître ! J'ai envoyé une couronne à son enterrement, en témoignage de mon admiration : une énorme couronne de roses cramoisies. Les roses cramoisies sont l'expression de mon tempérament.

J'écoutais en silence, avec une antipathie croissante.

— Vous avez l'air d'une mule qui dresse ses oreilles avant de ruer, reprit-elle. Bon, je vous ai mis en garde. Sachez que le troisième avertissement viendra de la main du « Destructeur »...

Elle fit un signe et la voiture démarra rapidement. Je notai le numéro à tout hasard, sans me faire d'illusion sur l'utilité de ce réflexe. Les Quatre Grands n'avaient pas l'habitude de négliger les détails.

Je rentrai à la maison, un peu dégrisé. Du flot de paroles de la comtesse émergeait une certitude : ma vie était vraiment en danger. Je n'avais nullement l'intention d'abandonner la lutte, mais il convenait d'avancer avec prudence et de prendre le maximum de précautions.

Tandis que je passais en revue tous les faits qui pouvaient m'éclairer, cherchant à déterminer la meilleure ligne de conduite, le téléphone sonna.

— Allô, oui ? Qui est à l'appareil ?

— Ici, l'hôpital Saint-Gilles. On vient de nous amener un Chinois qui a été poignardé dans la rue. Il n'en a plus pour longtemps. Nous vous appelons parce que nous avons trouvé dans sa poche un bout de papier avec vos nom et adresse.

Passé la surprise et quelques secondes de réflexion, je répondis que j'arrivais tout de suite. L'hôpital Saint-Gilles se trouvait du côté des docks ; et le Chinois venait peut-être juste de débarquer.

En chemin, un soupçon me traversa brusquement l'esprit. Était-ce encore un piège ? Là où il y avait un Chinois, la main de Li Chang Yen risquait de ne pas être loin. Je repensai à mon aventure dans la maison du mandarin. Ce coup de téléphone était-il une ruse de mes ennemis ?

Un simple raisonnement me convainquit : de toute manière, une visite à l'hôpital ne présentait guère de danger. Selon toute probabilité, cette histoire n'était pas tant un traquenard qu'un « coup monté », comme on dit communément. Le Chinois agonisant me fournirait des indications qui, si je les suivais, auraient pour résultat de me faire tomber entre les mains des

Quatre Grands. Le tout était de feindre la crédulité en restant secrètement sur mes gardes.

Sitôt arrivé à l'hôpital Saint-Gilles, je fis connaître l'objet de ma visite et l'on me conduisit au chevet du moribond. Il était allongé là, parfaitement immobile, les paupières closes ; seul le très léger mouvement de sa poitrine montrait qu'il respirait encore. Debout près du lit, un médecin lui tâtait le pouls.

— C'est presque la fin, me chuchota-t-il. Alors, vous le connaissez ?

— Non, c'est la première fois que je le vois.

— Dans ce cas, pourquoi avait-il sur lui un papier avec votre nom et votre adresse ? Vous êtes bien le capitaine Hastings ?

— Oui, mais je n'en sais pas plus que vous.

— Curieux. D'après ses papiers, il était le domestique d'un certain Ingles, un fonctionnaire à la retraite... (Comme le nom me faisait tressaillir, il ajouta :) Ah ! vous le connaissez donc ?

Le domestique d'Ingles ! Alors je l'avais déjà vu, en effet. À vrai dire, je n'ai jamais été capable de distinguer un Chinois d'un autre. Sans doute était-il parti avec Ingles pour son voyage en Chine ; puis, après la tragédie, il était revenu en Angleterre avec — peut-être — un message pour moi. Je devais entendre ce qu'il avait à me dire : c'était impératif, vital.

— Est-il conscient ? demandai-je. Peut-il parler ? Mr Ingles était un de mes amis, et il est possible que ce pauvre bougre ait un message à me transmettre de sa part. Tout porte à croire que Mr Ingles est tombé à la mer il y a une dizaine de jours.

— Il est à peine conscient, et je doute qu'il ait la force de parler. Il a perdu énormément de sang. Je peux toujours lui injecter un stimulant, mais nous avons déjà fait tout notre possible sur ce plan.

Il administra néanmoins une piqûre au mourant. Je

restai au chevet du lit, espérant contre toute attente recueillir un mot — un signe — susceptible de m'aider dans ma tâche. Mais les minutes filaient à toute allure sans que rien ne se produisît.

Soudain, une sinistre pensée m'assaillit. N'étais-je pas *en train* de tomber dans le piège ? Peut-être ce Chinois avait-il simplement joué le rôle du domestique d'Ingles ? Peut-être était-ce en réalité un agent des Quatre Grands ? N'avais-je pas lu un jour que certains prêtres chinois étaient capables de simuler la mort ? Pour aller encore plus loin, on pouvait imaginer que Li Chang Yen avait à sa disposition un petit commando de fanatiques prêts à sacrifier leur vie sur ordre de leur maître... Il me fallait ouvrir l'œil.

Alors même que ces pensées défilaient dans mon esprit, l'homme remua dans son lit. Il ouvrit les yeux et murmura quelques paroles incohérentes. Soudain, je vis son regard se fixer sur moi. Il ne semblait pas me reconnaître, mais il essayait de me parler. Ami ou ennemi, je devais écouter ce qu'il avait à dire.

Je me penchai sur le lit, mais ne perçus que des sons hachés, dépourvus de signification. Il me sembla saisir le mot « Largo », mais je n'aurais su dire dans quel contexte. Puis je l'entendis de nouveau, accompagné cette fois d'un gargouillis qui ressemblait à « haine d'elle. » J'écarquillai les yeux, ébahi par ce que me suggérait la juxtaposition des deux mots.

— Le Largo de Haendel ? m'enquis-je.

Le Chinois battit rapidement des paupières, comme pour acquiescer, et prononça un autre mot, italien celui-là : « *carrozza* ». Il murmura encore deux ou trois termes italiens, puis il retomba brusquement en arrière.

Le médecin m'écarta. C'était fini. L'homme était mort.

Je sortis de l'hôpital, complètement désorienté.

« Le Largo de Haendel », et une « *carrozza* ». Si j'avais bonne mémoire, « *carrozza* » signifiait « voiture ». Quel sens caché pouvaient avoir ces simples mots ? L'homme était chinois, pas italien ; pourquoi s'exprimait-il dans cette langue ? S'il avait réellement été le domestique d'Ingles, il connaissait certainement l'anglais ? Tout cela était profondément déconcertant. Je retournai ce rébus dans ma tête pendant tout le trajet du retour. Ah ! si seulement Poirot avait été là pour résoudre le problème avec son incomparable ingéniosité !

J'ouvris la porte d'en bas avec ma clef et montai lentement dans ma chambre. Une lettre était posée sur la table ; je la décachetai sans y prêter grande attention. Mais dès que j'eus commencé à la lire, je restai littéralement cloué au sol.

C'était une notification provenant d'une étude de notaires.

Cher monsieur,

Suivant les instructions de notre défunt client, Mr Hercule Poirot, nous vous faisons suivre la lettre ci-incluse. Il nous l'avait confiée une semaine avant sa mort en spécifiant que, en cas de décès, nous devions vous l'expédier dans un délai convenu.

Veuillez agréer, etc.

Je sortis l'autre lettre et la retournai entre mes doigts. À n'en pas douter, elle était bien de Poirot : j'aurais reconnu son écriture n'importe où. Le cœur lourd, je déchirai l'enveloppe avec une certaine fébrilité.

Mon cher ami,

Quand vous recevrez cette lettre, je ne serai plus de ce monde. Ne versez pas de larmes sur moi, mais suivez mes ordres. Dès réception de ceci, retournez en Amérique du Sud. Ne soyez pas entêté. Ce n'est pas pour des raisons sentimentales que je vous demande d'entreprendre ce voyage. C'est par nécessité. *Cela fait partie du plan d'Hercule Poirot ! Inutile d'en dire davantage à un homme qui possède l'intelligence aiguisée de mon ami Hastings.*

À bas les Quatre Grands ! D'outre-tombe, mon bon ami, je vous salue.

Avec toute mon amitié,
Hercule Poirot

Je lus et relus cette lettre étonnante. Une chose était évidente : cet homme extraordinaire avait prévu toutes les éventualités, au point que sa propre mort ne troublait pas le déroulement de ses plans ! À moi le rôle d'exécutant ; lui, c'était le génie planificateur. Je trouverais sans aucun doute des instructions détaillées qui m'attendaient au-delà des mers. Dans l'intervalle, mes ennemis, persuadés que j'obéissais à leurs injonctions, cesseraient de se mettre martel en tête pour moi. Je pourrais alors revenir incognito et faire des ravages dans leurs rangs.

Plus rien ne s'opposait désormais à mon départ immédiat. J'expédiai des télégrammes, réservai mon billet et, une semaine plus tard, j'embarquais sur *L'Ansonia* à destination de Buenos Aires.

Au moment où le paquebot s'éloignait du quai, un steward m'apporta un message qui lui avait été remis — m'expliqua-t-il — par un imposant gentleman en manteau de fourrure descendu du navire juste avant qu'on lève les passerelles.

J'ouvris le message. Il était laconique et précis : *Vous êtes un sage.* C'était signé d'un grand « 4 ».

Je ne me privai pas de sourire intérieurement !

La mer n'était pas trop houleuse. Je dînai convenablement, tout en jaugeant mes compagnons de voyage, puis je fis une partie de bridge, avant d'aller dormir à poings fermés, comme toujours en bateau.

Je fus réveillé par quelqu'un qui me secouait avec

insistance. Ahuri, désorienté, je reconnus l'un des officiers du paquebot. Il poussa un soupir de soulagement quand je m'assis sur ma couchette.

— Dieu merci, je vous ai enfin réveillé ! J'ai cru que je n'y arriverais jamais. Avez-vous toujours le sommeil aussi lourd ?

— Que se passe-t-il ? demandai-je, encore à moitié endormi. Une avarie ?

— Vous devez savoir mieux que moi ce qui se passe, répliqua-t-il sèchement. Instructions spéciales du ministère de la Marine. Un contre-torpilleur vous attend.

— Quoi ? En plein océan ?

— Ça m'a l'air très mystérieux, mais ça ne me regarde pas. On nous a envoyé un jeune homme qui doit prendre votre place, et on nous a fait jurer de garder le secret. Levez-vous et habillez-vous, je vous prie.

Je m'exécutai, incapable de dissimuler ma stupéfaction. On mit à la mer une chaloupe qui me transporta jusqu'au destroyer. Le commandant me reçut avec courtoisie, mais ne me fournit aucun éclaircissement. Il avait ordre de me débarquer à un certain endroit de la côte belge ; sa mission s'arrêtait là. Il n'en savait pas davantage.

J'avais l'impression de rêver. Je me raccrochais fermement à une idée : cette manœuvre devait faire partie du plan de Poirot. Je n'avais qu'à me laisser conduire aveuglément, en faisant confiance à mon défunt ami.

On me débarqua à l'endroit prévu, où m'attendait une voiture qui me fit traverser à toute allure les plaines flamandes. Je passai la nuit dans un petit hôtel de Bruxelles et, le lendemain, nous reprîmes la route. Peu à peu, le paysage se fit boisé, vallonné. Nous pénétrions dans les Ardennes, et je me rappelai brusquement ce qu'avait dit Poirot au sujet de son frère qui habitait à Spa.

Mais ce n'était pas là-bas que nous allions. Nous quittâmes la grand-route pour prendre un chemin qui sinuait à travers les hauts arbres touffus, au cœur des montagnes. Arrivée dans un hameau, la voiture grimpa jusqu'à une villa blanche, isolée sur les hauteurs, et s'arrêta devant la porte verte qui s'ouvrit à l'instant où je mettais pied à terre. Un vieux domestique apparut sur le seuil et s'inclina.

— Capitaine Hastings ? dit-il en français. Vous êtes attendu, mon capitaine. Si vous voulez bien me suivre...

Il ouvrit une porte, au bout du hall, et s'effaça.

Je clignai des yeux, car la pièce, orientée à l'ouest, était inondée de soleil en ce bel après-midi. Quand je fus moins aveuglé, je vis une silhouette me tendre les bras en un geste de bienvenue.

C'était... non, impossible, ce ne pouvait pas être... et pourtant, si !

— Poirot ! m'écriai-je.

Et, pour une fois, je n'essayai pas de me soustraire à son exubérante étreinte.

— Mais oui, mais oui, c'est bien moi ! Pas si facile de tuer Hercule Poirot !

— Mais Poirot... *pourquoi ?*

— Une ruse de guerre, mon bon ami, une ruse de guerre ! Tout est prêt pour notre grand coup.

— Mais vous auriez pu me prévenir, *moi !*

— Non, Hastings, je ne pouvais pas. Jamais, jamais de la vie, vous n'auriez pu jouer la comédie à l'enterrement. Tel quel, c'était parfait. Cela ne pouvait pas manquer d'emporter la conviction des Quatre Grands.

— Vous représentez-vous ce que j'ai enduré... ?

— Ne pensez pas que je sois trop insensible. C'est en

partie pour vous que j'ai manigancé cette supercherie. Je voulais bien risquer ma vie, mais j'avais des scrupules à risquer continuellement la vôtre. Donc, après l'explosion, j'ai eu une idée d'une grande ingéniosité, que j'ai pu réaliser grâce à ce bon Ridgeway. Je me suis dit que, puisque j'étais mort, vous alliez retourner en Argentine. Mais c'est justement ce que vous n'avez pas voulu faire, mon bon ami. En désespoir de cause, j'ai dû écrire une fausse lettre de notaire et manigancer toute cette comédie. Mais finalement, vous êtes là : c'est cela qui est magnifique. Et maintenant, nous allons rester cachés ici, perdus dans la nature, avant de frapper le dernier grand coup — celui qui marquera la déroute finale des Quatre Grands.

17

LE NUMÉRO QUATRE GAGNE UNE MANCHE

De notre paisible retraite des Ardennes, nous suivions l'évolution des affaires du monde. Nous avions une quantité de journaux à notre disposition et, tous les jours, Poirot recevait une grosse enveloppe contenant à l'évidence une espèce de rapport. Bien qu'il ne me montrât jamais ces documents, je pouvais généralement deviner, d'après son attitude, s'il était satisfait ou non de leur teneur. À aucun moment il ne douta que notre plan d'action fût le seul à pouvoir être couronné de succès.

— Voyez-vous, Hastings, me dit-il un jour, je vivais avec la crainte continuelle de vous voir tomber dans un piège mortel. Cela me rendait nerveux ; j'étais sur des charbons ardents, comme vous diriez. Mais maintenant, je suis bien rassuré. Même s'ils découvrent que le capitaine Hastings qui a débarqué en Amérique du Sud est un imposteur — et je ne pense pas qu'ils s'en aperçoivent : ils ne vont pas envoyer sur place un agent qui vous connaisse de vue —, ils croiront simplement que vous leur réservez un tour de votre façon et ne se donneront pas la peine de vous rechercher. Ils sont absolument convaincus de ma mort, et c'est cela le point crucial. Ils vont aller de l'avant et mûrir leurs plans.

— Et ensuite ?

— Et ensuite, mon ami, grandiose résurrection d'Hercule Poirot ! À la onzième heure je reparais, semant la confusion chez l'ennemi, et je remporte la suprême victoire à ma façon incomparable !

Je pus constater que la vanité de Poirot, en béton armé, pouvait résister à toutes les attaques. Je me permis néanmoins de lui rappeler que, deux ou trois fois, nos adversaires avaient pris l'avantage sur nous. Mais j'aurais dû savoir qu'il était impossible d'entamer l'enthousiasme d'Hercule Poirot pour ses propres méthodes.

— Voyez-vous, Hastings, c'est comme ce petit tour qui se fait avec des cartes. Vous le connaissez, sans aucun doute ? Vous prenez les quatre valets, vous les répartissez dans le paquet — un au-dessus, au au-dessous, etc. —, vous coupez, vous battez, et ils sont de nouveau réunis. Voilà quel est mon objectif. Jusqu'à présent, j'ai combattu les Quatre Grands séparément, tantôt l'un, tantôt l'autre. Mais attendez que je les regroupe, comme les quatre valets du jeu de cartes, et d'un coup, d'un seul, je les détruirai tous !

— Et par quel moyen comptez-vous les regrouper ?

— En attendant le moment suprême. En faisant le mort jusqu'à ce qu'ils soient prêts à frapper.

— Ça risque d'être long, grommelai-je.

— Toujours impatient, ce bon Hastings ! Mais non, ce ne sera pas si long. Le seul homme qu'ils redoutaient — moi — est hors de combat. Je leur donne deux ou trois mois maximum.

Cela me fit penser à Ingles et à sa mort tragique. Je m'aperçus que je n'avais jamais raconté à Poirot l'épisode du Chinois agonisant de l'hôpital Saint-Gilles.

Il écouta mon récit avec une extrême attention.

— Le serviteur d'Ingles, hein ? Et les quelques mots qu'il a prononcés étaient en italien ? Curieux.

— C'est pourquoi j'ai pensé qu'il s'agissait peut-être d'un coup monté par les Quatre Grands.

— Votre raisonnement est défaillant, Hastings. Employez vos petites cellules grises. Si vos ennemis avaient vraiment voulu vous abuser, ils auraient certainement fait en sorte que le Chinois s'exprime en anglais intelligible. Non, le message était authentique. Répétez-moi encore tout ce que vous avez entendu ?

— Pour commencer, il a parlé du Largo de Haendel, puis il a dit un mot qui ressemblait à « *carrozza* »... Cela signifie bien « voiture », n'est-ce pas ?

— Rien d'autre ?

— Tout à la fin, il a murmuré quelque chose comme « *Cara* » je ne sais qui... un prénom féminin. « *Zia* », je crois. Mais je ne pense pas que ça ait un rapport avec le reste.

— Vous ne le pensez pas, Hastings ? « Cara Zia » est néanmoins très important. Oui, très important.

— Je ne vois pas...

— Mon cher ami, vous ne voyez *jamais*... D'ailleurs, les Anglais ignorent la géographie.

— La géographie? m'écriai-je. Qu'est-ce que la géographie vient faire là-dedans?

— Mr Thomas Cook serait sans doute plus indiqué en la circonstance.

Comme toujours, Poirot refusa de s'expliquer; c'était chez lui une manie proprement exaspérante. Je remarquai néanmoins un changement dans son attitude: il devint extrêmement joyeux, comme s'il avait marqué un point important.

Les jours passèrent, un brin monotones mais agréables. Les livres ne manquaient pas dans la villa, il y avait de ravissantes excursions à faire dans les environs, mais je m'irritais parfois de cette inactivité forcée. La placidité satisfaite de Poirot me laissait pantois. Rien ne vint troubler notre paisible existence, et ce fut seulement à la fin juin — bien avant la date limite fixée par Poirot — que nous eûmes des nouvelles des Quatre Grands.

Un matin, tôt, une voiture s'arrêta devant la villa: c'était un événement si inhabituel dans notre vie routinière que je descendis en toute hâte pour voir de quoi il retournait. Je trouvai Poirot en grande conversation avec un jeune homme de mon âge, à peu près, au visage sympathique.

Mon ami fit les présentations:

— Voici le capitaine Harvey, Hastings, l'un des membres les plus fameux de votre Intelligence Service.

— Pas fameux du tout, j'en ai peur, dit le jeune homme en riant.

— Fameux pour les initiés, aurais-je dû préciser. La plupart des amis du capitaine Harvey le prennent pour un jeune homme aimable mais sans cervelle, intéressé uniquement par cette danse qu'on appelle « le fox-qui-trotte », je crois.

Harvey et moi éclatâmes de rire.

— Maintenant, dit Poirot, parlons affaires. Donc, selon vous, le moment est venu ?

— Sans aucun doute, monsieur. Depuis hier, la Chine est isolée sur le plan politique. Nul ne sait ce qui s'y passe. Aucune nouvelle ne nous parvient de là-bas : c'est la rupture complète des communications, le silence.

— Li Chang Yen est sorti de l'ombre. Et les autres ?

— Abe Ryland, qui était en Angleterre depuis une semaine, est parti hier pour le continent.

— Et Mme Olivier ?

— Elle a quitté Paris cette nuit.

— Pour l'Italie ?

— Pour l'Italie, monsieur. D'après nos informations, ils se dirigent tous les deux vers l'endroit que vous nous avez indiqué... Mais comment avez-vous pu savoir... ?

— Ah ! ce succès n'est pas à mon actif ! Le mérite en revient à Hastings, ici présent. Il dissimule son intelligence, voyez-vous, mais elle est profonde malgré tout.

Harvey me regarda d'un air admiratif, et je me sentis assez mal à l'aise.

— Tout est en marche, alors, dit Poirot. (Il était pâle, à présent, et très sérieux.) Le moment est venu. Toutes les dispositions sont prises ?

— Vos ordres ont été exécutés. Les gouvernements italien, français et anglais sont derrière vous et collaborent en parfaite harmonie.

— Une nouvelle Entente cordiale, en somme, fit observer Poirot, pince-sans-rire. Je suis heureux que Desjardeaux soit enfin convaincu. Eh bien ! nous allons partir... ou plutôt, *je* vais partir. Vous, Hastings, vous allez rester ici... oui, je vous en prie. En vérité, mon ami, je parle sérieusement.

Je le crus sur parole, mais il n'était pas question que je me laisse évincer de la sorte. Notre dispute fut brève mais décisive.

Dans le train qui filait vers Paris, il finit par s'avouer secrètement heureux de ma détermination.

— Car vous avez un rôle à jouer, Hastings. Un rôle important ! Sans vous, je risquais bien d'échouer. Néanmoins, j'ai estimé de mon devoir de vous inciter à rester à l'abri...

— Il y a donc du danger ?

— Mon ami, là où sont les Quatre Grands, il y a toujours du danger.

Arrivés à Paris, nous nous rendîmes en taxi à la gare de l'Est, où Poirot me révéla enfin notre destination. Nous allions à Bolzano, dans le Tyrol italien.

Profitant de ce que Harvey s'était absenté de notre compartiment quelques minutes, je demandai à Poirot pourquoi il m'avait attribué la découverte du lieu de rendez-vous.

— Parce que c'est vrai, mon bon ami. J'ignore comment Ingles a obtenu ce renseignement, mais il y est parvenu et il a chargé son serviteur de nous le transmettre. Nous allons à Karersee, mon bon ami, un endroit dont le nouveau nom italien est Lago di Carrezza. Voyez-vous, maintenant, l'importance de votre « *Cara Zia* » ? Le « Carrozza » et le « Largo » s'expliquent d'eux-mêmes ; le « Haendel », par contre, est né de votre imagination.

— Karersee ? répétai-je. Je n'ai jamais entendu ce nom-là.

— Je me tue à vous le répéter : les Anglais ne connaissent rien à la géographie. En fait, c'est une station estivale bien connue, très jolie, qui se trouve au cœur des Dolomites, à mille deux cents mètres d'altitude.

— Et c'est dans ce trou perdu que les Quatre Grands ont leur rendez-vous ?

— Disons plutôt leur quartier général. Le signal a été donné, et ils ont l'intention de disparaître du monde pour se retrancher dans leur repaire de montagne, d'où ils distribueront leurs ordres. J'ai fait des recherches : on exploite là-bas des carrières de pierre et l'entreprise qui s'en occupe — apparemment, une petite société italienne — est contrôlée en réalité par Abe Ryland. Je suis prêt à jurer qu'une vaste construction souterraine, secrète et inaccessible, a été creusée dans le cœur même de la montagne. De cet endroit, les chefs de l'organisation télégraphieront leurs instructions à leurs fidèles qui sont chiffrés par milliers dans tous les pays. De ce rocher des Dolomites émergeront les dictateurs du monde... ou plutôt, ils en émergeraient sans l'intervention d'Hercule Poirot.

— Y croyez-vous sérieusement, Poirot ? Que faites-vous des armées et des rouages de la civilisation ?

— Et que faites-vous de la Russie, Hastings ? Ce sera la Russie à l'échelle mondiale, et avec une menace supplémentaire, car les expériences de Mme Olivier sont plus avancées qu'elle ne l'a annoncé. Je crois qu'elle a réussi, jusqu'à un certain point, à libérer l'énergie atomique pour l'exploiter à ses fins. Ses expériences sur l'azote ont été très remarquables, ainsi que ses travaux sur la concentration du rayonnement énergétique : on peut diriger un faisceau de grande intensité sur un point donné. Nul ne sait exactement où en sont ses recherches, mais il est certain qu'elles sont beaucoup plus avancées qu'on ne l'a dit. C'est un génie, cette femme ; les Curie n'étaient rien à côté d'elle. Si vous ajoutez à son génie le pouvoir de la richesse quasi illimitée de Ryland et, pour tout diriger et planifier, l'intelligence de Li Chang Yen, le plus grand cerveau criminel jamais connu... eh bien ! ce ne sera pas de la tarte pour la civilisation, comme vous dites parfois si vulgairement.

Ses paroles me donnaient à réfléchir. Quoiqu'il eût parfois tendance à exagérer, Poirot n'était pas vraiment du genre alarmiste. Pour la première fois, je prenais conscience du formidable enjeu de la lutte dans laquelle nous étions engagés.

Harvey nous rejoignit bientôt et le voyage se poursuivit.

Vers midi, nous arrivâmes à Bolzano, d'où nous continuâmes notre voyage par la route. Une des grosses voitures bleues qui attendaient sur la place centrale de la petite ville nous avait emmenés tous les trois. Poirot, malgré la chaleur de la journée, était emmitouflé jusqu'aux yeux dans un pardessus et une écharpe. On ne voyait de lui que les prunelles et le bout des oreilles. Je n'aurais su dire si cette précaution lui était dictée par la prudence ou par sa crainte maladive d'attraper un rhume. Le trajet dura deux heures, et ce fut une merveilleuse randonnée. Pendant la première partie du parcours, nous sinuâmes entre de hautes falaises, au bord d'un cours d'eau, avant de déboucher sur une vallée fertile longue de plusieurs kilomètres ; enfin, tandis que nous suivions la route en lacet qui grimpait régulièrement, apparurent bientôt les pics rocheux dénudés, hérissés sur leurs flancs de forêts de pins touffues. Le paysage était sauvage et grandiose. Après une série de virages en épingles à cheveux, bordés de chaque côté par des bois de pins, nous tombâmes sur un grand hôtel : nous étions arrivés à destination.

Guidés par Harvey, nous montâmes directement dans les chambres qui nous avaient été réservées. Les fenêtres donnaient sur les versants couverts de pins qui s'élevaient en pente douce vers les cimes rocheuses. Poirot fit un geste dans cette direction.

— C'est là ? demanda-t-il à voix basse.

— Oui, répondit Harvey. Il y a un endroit qu'on appelle le Felsenlabyrinth, le labyrinthe des rochers : c'est une étendue parsemée d'énormes rocs entre lesquels court un petit sentier. La carrière de pierres est sur la droite, mais nous pensons que l'entrée se trouve dans le Felsenlabyrinth.

Poirot approuva d'un signe de tête.

— Venez, mon bon ami, me dit-il. Allons nous asseoir sur la terrasse pour jouir du soleil.

— Cela vous paraît bien prudent ? hasardai-je.

Il se contenta de hausser les épaules.

Il faisait un soleil éblouissant, au point que la lumière était presque trop aveuglante pour moi. Nous prîmes un café liégeois au lieu du thé habituel, après quoi nous montâmes défaire nos quelques bagages. Poirot, perdu dans une sorte de rêverie, se montra inaccessible. Une ou deux fois, il secoua la tête en soupirant.

J'étais passablement intrigué par un homme, descendu du même train que nous, à Bolzano, et qu'une voiture particulière était venue chercher. Si cet homme, de petite taille, avait attiré mon attention, c'est parce qu'il était presque aussi emmitouflé que Poirot. Davantage, même, car il portait — outre un pardessus et une écharpe — d'énormes lunettes noires. Il s'agissait sûrement d'un émissaire des Quatre Grands, mais ma suggestion ne sembla guère impressionner Poirot. Cependant, quand je lui annonçai — après avoir regardé par la fenêtre de ma chambre — que l'homme en question rôdait autour de l'hôtel, il admit que je n'avais peut-être pas tout à fait tort.

J'eus beau exhorter Poirot à ne pas descendre pour le dîner, il refusa de m'écouter. Nous entrâmes dans la salle à manger assez tard, et on nous conduisit à une table près de la fenêtre. Nous allions nous asseoir quand nous entendîmes une exclamation et un fracas de porcelaine brisée. Un serveur venait de renverser un plat de haricots verts sur un homme installé à la table voisine de la nôtre.

Le maître d'hôtel accourut et se confondit bruyamment en excuses.

Peu après, lorsque le serveur coupable nous servit notre potage, Poirot lui dit :

— Fâcheux incident, à l'instant. Mais ce n'était pas votre faute.

— Monsieur a vu ? Non, ce n'était vraiment pas ma faute. Ce client a fait un bond sur sa chaise ; moi, j'ai cru qu'il allait avoir une attaque ou je ne sais quoi. Je n'ai pas pu éviter la catastrophe.

Je vis briller dans les yeux de Poirot la lueur verte que je connaissais bien. Comme le serveur s'éloignait, il me glissa à voix basse :

— Voyez-vous, Hastings, quel effet produit Hercule Poirot... vivant, en chair et en os ?

— Vous pensez donc... ?

Je n'eus pas le temps de finir. Je sentis Poirot poser une main sur mon genou en chuchotant avec excitation :

— Regardez, Hastings, regardez. *Cette façon de jouer avec son pain !* C'est le Numéro Quatre !

Effectivement, notre voisin de table — dont le visage était d'une pâleur inhabituelle — tapotait machinalement la nappe avec une boulette de mie pour ramasser les miettes.

Je l'observai attentivement. Il avait un visage bouffi et rasé de près, un teint terreux, maladif, et de grosses poches sous les yeux ; des rides profondes reliaient les ailes du nez aux commissures des lèvres. Il pouvait avoir n'importe quel âge entre trente-cinq et quarante-cinq ans. Il ne ressemblait en rien aux précédents personnages que le Numéro Quatre avait incarnés.

N'eût été sa petite manie de tripoter du pain — geste dont il n'avait manifestement pas conscience —, j'aurais juré sans hésiter n'avoir jamais vu cet homme.

— Il vous a reconnu, murmurai-je. Vous n'auriez pas dû descendre.

— Mon excellent Hastings, je fais semblant d'être mort depuis trois mois uniquement dans ce but.

— Pour surprendre le Numéro Quatre ?

— Pour le surprendre à un moment où il n'aura qu'une alternative : agir rapidement ou ne rien faire du tout. Et nous possédons sur lui ce grand avantage : il ne sait pas que nous l'avons reconnu. Il se croit à l'abri sous son nouveau déguisement. Je bénis Flossie Monro de nous avoir parlé de ce fameux tic.

— Que va-t-il se passer ?

— Que peut-il se passer ? Il voit apparaître le seul homme qu'il redoute, miraculeusement ressuscité des morts au moment même où les plans des Quatre Grands sont dans la balance. Mme Olivier et Abe Ryland ont déjeuné ici aujourd'hui, et tout le monde les croit partis pour Cortina. Mais nous savons, nous, qu'ils se sont retirés dans leur repaire. Seulement voilà : que savons-nous au juste ? Telle est la question que se pose le Numéro Quatre à cette minute précise. Il n'ose pas prendre de risques. Je dois être supprimé coûte que coûte. Eh bien, qu'il essaie de supprimer Hercule Poirot ! Je suis prêt, je l'attends.

À peine avait-il fini de parler que notre voisin de table se leva et sortit de la salle à manger.

— Il va prendre ses petites dispositions, dit Poirot, placide. Si nous allions déguster notre café sur la terrasse, mon bon ami ? Ce serait plus agréable. Je monte juste chercher un pardessus.

Je sortis sur la terrasse, un peu troublé. L'assurance de Poirot ne me rassurait guère. Néanmoins, tant que nous étions sur nos gardes, il ne pouvait rien nous arriver. Je résolus d'ouvrir l'œil, et le bon.

Il fallut cinq bonnes minutes à Poirot pour me rejoindre. Comme d'habitude, il avait pris ses précautions contre le froid et s'était emmitouflé jusqu'aux oreilles. Il s'assit à côté de moi et but son café à petites gorgées gourmandes.

— Il n'y a vraiment qu'en Angleterre où le café soit si atroce, fit-il observer. Sur le continent, on sait combien il est important pour la digestion qu'il soit bien préparé.

À cet instant, notre ex-voisin de table fit irruption sur la terrasse. Sans la moindre hésitation, il vint vers nous et prit une troisième chaise.

— Vous ne voyez pas d'inconvénient à ce que je me joigne à vous, j'espère? dit-il en anglais.

— Pas du tout, cher monsieur, répondit Poirot.

Je me sentis très mal à l'aise. Nous avions beau être sur la terrasse de l'hôtel, entourés d'autres gens, je n'étais pas rassuré pour autant. Je sentais la présence du danger.

Le Numéro Quatre, lui, bavardait le plus naturellement du monde. On n'aurait jamais cru que cet homme n'était pas un authentique touriste. À l'entendre parler d'excursions et de promenades en voiture, il donnait l'impression de connaître parfaitement la région.

Il tira de sa poche une pipe qu'il entreprit d'allumer. Poirot, lui, sortit son étui de petites cigarettes. Il en prit une entre les lèvres, et l'inconnu se pencha vers lui avec une allumette.

— Voulez-vous du feu?

Soudain, sans le moindre avertissement, toutes les lumières s'éteignirent. J'entendis un tintement de verre, puis une odeur âcre me monta aux narines, suffocante...

18

DANS LE FELSENLABYRINTH

Je ne dus pas rester inconscient plus d'une minute. Lorsque je revins à moi, deux hommes me traînaient chacun par un bras, et j'avais un bâillon dans la bouche. Malgré l'obscurité totale, je devinai que nous n'étions pas dehors mais que nous traversions l'hôtel. De tous côtés, j'entendais des gens crier et demander dans toutes les langues connues pourquoi les lumières ne fonctionnaient plus. Mes ravisseurs me soulevèrent pour descendre quelques marches. Nous longeâmes un couloir en sous-sol, nous franchîmes une première porte, puis une seconde — une porte vitrée, à l'arrière de l'hôtel — pour nous retrouver finalement à l'air libre. Quelques instants plus tard, nous pénétrions sous le couvert des pins.

Apercevant une silhouette dans la même fâcheuse posture que moi, je compris que Poirot, lui aussi, était victime de cet enlèvement audacieux.

Par pure témérité, le Numéro Quatre avait gagné la partie. Sans doute avait-il employé un anesthésique foudroyant, genre chlorure d'éthyle ; il avait brisé une petite ampoule juste sous notre nez, puis, dans l'obscurité, ses complices — sans doute de faux clients installés à la table voisine — avaient profité de la confusion pour nous bâillonner et nous emmener précipitamment, en passant par l'hôtel afin de semer d'éventuels poursuivants.

Je ne puis décrire l'heure qui suivit. On nous fit traverser les bois au pas de course, toujours dans le sens de la montée. Enfin nous débouchâmes dans une clairière, sur le versant de la montagne, et je vis juste devant nous un extraordinaire conglomérat de rochers aux formes bizarres.

C'était certainement le Felsenlabyrinth dont Harvey nous avait parlé. Nous nous engageâmes dans le réseau inextricable de sentiers qui zigzaguaient entre les rocs. On aurait dit un dédale conçu par un génie du mal.

Soudain, nous nous arrêtâmes ; un énorme rocher nous barrait le chemin. L'un des hommes se pencha et déclencha apparemment un mécanisme car, sans un bruit, l'imposante masse rocheuse pivota sur elle-même, dévoilant un boyau qui s'enfonçait dans le flanc de la montagne.

On nous poussa sans ménagements à l'intérieur. Le tunnel, d'abord étroit, s'élargit bientôt et nous débouchâmes finalement dans une vaste salle rocheuse éclairée à l'électricité. On nous ôta alors nos bâillons. Sur un signe du Numéro Quatre qui se tenait devant nous, l'air moqueur et triomphant, nos gardiens nous fouillèrent et nous confisquèrent le contenu de nos poches, y compris le pistolet de Poirot.

J'eus un pincement de cœur en les voyant jeter l'arme sur la table. Nous étions vaincus... vaincus sans espoir ; ils avaient l'avantage du nombre. C'était la fin.

— Bienvenue au quartier général des Quatre Grands, Mr Hercule Poirot, déclara le Numéro Quatre d'un ton sarcastique. Vous revoir est un plaisir auquel je ne m'attendais pas. Mais était-ce vraiment la peine de sortir de la tombe pour aboutir à ce résultat ?

Poirot ne répliqua pas. Je n'osais pas le regarder.

— Venez par ici, poursuivit le Numéro Quatre. Votre arrivée ne va pas manquer de surprendre mes collègues.

Il nous indiqua une étroite ouverture dans la paroi. Cette porte franchie, nous nous retrouvâmes dans une autre salle au bout de laquelle je vis quatre chaises disposées derrière une table. La première, vide, était recouverte d'une cape de mandarin. La seconde était occupée par Mr Abe Ryland, son cigare à la bouche. Mme Olivier était assise sur la troisième, ses yeux ardents dévorant son visage de moniale. Le Numéro Quatre prit place sur le quatrième siège.

Nous étions en présence des Quatre Grands.

Jamais, jusqu'à présent, je n'avais senti la réalité de Li Chang Yen de façon aussi tangible qu'en cet instant, face à sa chaise vide. Il avait beau être en Chine, très loin, il n'en était pas moins l'âme, le maître de cette funeste organisation.

En nous voyant, Mme Olivier ne put réprimer un cri. Ryland, plus maître de lui, se contenta de changer son cigare de côté et de hausser ses sourcils grisonnants.

— Mr Hercule Poirot..., dit-il d'une voix lente. Quelle agréable surprise ! Pas à dire, vous nous avez possédés ; nous vous pensions bel et bien enterré. N'importe, vous avez perdu la partie.

Il y avait comme une intonation métallique dans sa voix. Mme Olivier ne dit mot, mais ses yeux incandescents et son sourire nonchalant me déplurent au plus haut point.

— Madame et messieurs, je vous souhaite le bonsoir, déclara posément Poirot.

Je le regardai, intrigué par son intonation bizarre, une intonation que je n'attendais pas de lui. Il semblait tout à fait calme. Et pourtant, il émanait de toute sa personne quelque chose d'inhabituel. Derrière nous, des tentures s'écartèrent et la comtesse Vera Rossakov entra.

— Ah ! dit le Numéro Quatre, voici notre estimé et fidèle lieutenant. Nous avons ici un de vos vieux amis, chère madame.

La comtesse fit volte-face avec sa vivacité coutumière.

— Seigneur Dieu ! s'écria-t-elle. C'est le petit

homme ! Ma parole, mais il a les neuf vies d'un chat ! Oh, petit homme, petit homme ! Pourquoi vous êtes-vous mêlé de cette histoire ?

— Madame, dit Poirot en s'inclinant. Moi, tel le grand Napoléon, je ne puis être que du côté des grands bataillons.

Tandis qu'il parlait, je vis passer dans les yeux de la comtesse une lueur chargée de soupçons ; je compris alors la vérité que, inconsciemment, j'avais déjà pressentie.

L'homme qui se tenait près de moi n'était pas Hercule Poirot.

Il lui ressemblait beaucoup, à un point extraordinaire. Il avait la même tête en forme d'œuf, le même maintien affecté, la même silhouette délicatement dodue. Mais la voix différait et les yeux, au lieu d'être verts, étaient noirs. Et, sans aucun doute, les moustaches... les fameuses moustaches... ?

La comtesse interrompit net le cours de mes réflexions. Elle s'avança, la voix vibrante d'exaltation :

— Vous avez été trompés. Cet homme n'est pas Hercule Poirot !

Le Numéro Quatre poussa une exclamation incrédule. Mais la comtesse se pencha et, d'un coup sec, tira sur les moustaches de Poirot, qui lui restèrent dans la main. Dès lors, la vérité apparut dans toute sa clarté. Car la lèvre supérieure de l'imposteur était retroussée par une petite cicatrice qui modifiait totalement l'expression du visage.

— Ce n'est pas Hercule Poirot, marmonna le Numéro Quatre. Mais alors, qui est-ce ?

— Je sais ! m'écriai-je.

Je me mordis la langue, craignant d'avoir tout gâché.

L'inconnu — cet homme que je continuerai

d'appeler Poirot — se tourna vers moi et dit d'un ton engageant :

— Vous pouvez parler. Peu importe, maintenant. Le stratagème a réussi.

— C'est Achille Poirot, expliquai-je. Le frère jumeau d'Hercule Poirot.

— Impossible ! glapit Ryland, visiblement ébranlé.

— Le plan d'Hercule a merveilleusement réussi, dit Achille d'un air placide.

Le Numéro Quatre bondit vers lui et lança d'une voix âpre, menaçante :

— Réussi, vraiment ? Vous rendez-vous compte que, d'ici quelques minutes, vous serez mort ? *Mort !*

— Oui, répondit Achille avec gravité. Je m'en rends compte. C'est vous qui ne comprenez pas qu'un homme peut être disposé à mourir pour remporter une victoire. Pendant la guerre, des hommes ont sacrifié leur vie pour leur pays. Je suis prêt à sacrifier la mienne pour le monde.

Quoique parfaitement disposé moi-même à sacrifier ma vie, je ne pus m'empêcher de penser qu'on aurait pu me consulter avant. Je fus néanmoins apaisé en me souvenant de l'insistance avec laquelle Poirot avait tenté de me dissuader de l'accompagner.

— Et en quoi votre sacrifice profitera-t-il au monde ? s'enquit Ryland d'un air sardonique.

— Je vois que vous ne percevez pas la véritable portée du plan d'Hercule. Tout d'abord, votre repaire est connu depuis des mois : pratiquement tous les clients et les membres du personnel de l'hôtel appartiennent à la police ou aux services secrets. La montagne est cernée. Même si vous avez plusieurs issues, vous ne pourrez pas fuir. Poirot en personne dirige les opérations à l'extérieur. Quand je suis descendu sur la terrasse à la place de mon frère, ce soir, les semelles de mes chaussures étaient enduites d'une préparation à l'anis. En ce moment, les chiens policiers suivent la piste. Elle les mènera inéluctablement au rocher du Felsenlabyrinth où se trouve l'entrée. Vous pouvez nous faire ce que vous voudrez, le filet est étroitement tendu autour de vous. Impossible de vous échapper.

Soudain, Mme Olivier éclata de rire :

— Vous faites erreur. Nous pouvons, tout comme Samson autrefois, nous échapper et détruire en même temps nos ennemis. Qu'en dites-vous, mes amis ?

Ryland regardait fixement Achille Poirot.

— Supposez qu'il mente ? dit-il d'une voix dure.

L'autre haussa les épaules.

— Dans une heure, ce sera l'aube. Vous pourrez voir par vous-mêmes que j'ai dit la vérité. Déjà, ils ont dû suivre ma piste jusqu'à l'entrée du Felsenlabyrinth.

À cet instant, nous entendîmes une explosion assourdie et un homme fit irruption dans la salle en criant des paroles incohérentes. Ryland sortit précipitamment. Mme Olivier se dirigea vers le mur du fond et ouvrit une porte dérobée ; j'aperçus par l'entrebâillement un laboratoire parfaitement équipé, qui me rappela celui qu'elle avait à Paris. À son tour, le Numéro Quatre se leva précipitamment et quitta la pièce. Il revint avec le pistolet de Poirot, qu'il tendit à la comtesse.

— Ils ne risquent pas de s'échapper, dit-il d'un air farouche, mais prenez quand même cette arme.

Il ressortit aussitôt.

La comtesse s'approcha de nous et observa un bon moment mon compagnon, avec attention. Soudain, elle rit.

— Vous êtes très fort, Achille Poirot, dit-elle d'un ton moqueur.

— Parlons affaires, madame. Il est heureux qu'ils

nous aient laissés seuls ensemble. Quel est votre prix ?

— Je ne comprends pas. Quel prix ?

— Madame, vous pouvez favoriser notre fuite. Vous savez comment sortir de ce repaire. Je vous le demande : quel est votre prix ?

De nouveau, elle éclata de rire.

— Plus que vous ne pourriez payer, petit homme ! Tenez, tout l'argent du monde ne suffirait pas à m'acheter !

— Madame, je n'ai pas parlé d'argent. Je suis un homme doué d'intelligence. Néanmoins, le fait est que *chacun a son prix !* En échange de la vie et de la liberté, je vous offre le désir de votre cœur.

— Vous êtes donc magicien ?

— Appelez-moi ainsi si vous voulez.

Abandonnant soudain son attitude railleuse, la comtesse se mit à parler avec passion et amertume :

— Imbécile ! Le désir de mon cœur ! Pouvez-vous me venger de mes ennemis ? Pouvez-vous me rendre la jeunesse, la beauté, la gaieté ? Pouvez-vous ressusciter les morts ?

Achille Poirot l'observait de façon très bizarre.

— Lequel des trois vœux, madame ? Choisissez.

Elle éclata d'un rire sardonique :

— Vous allez m'envoyer de l'Élixir de Vie, peut-être ? Tenez, je vais faire un marché avec vous. Autrefois, j'avais un enfant. Retrouvez-le-moi... et vous aurez la liberté.

— Madame, je vous donne mon accord. Le marché est conclu. Votre enfant vous sera rendu. Foi de... foi d'Hercule Poirot lui-même !

Cette femme étrange se remit à rire — longuement, cette fois, et sans retenue.

— Mon cher Mr Poirot, je vous ai tendu un petit piège. C'est très aimable à vous de promettre de retrouver mon enfant, mais... voyez-vous, je suis bien placée pour savoir que vous ne réussiriez pas. Ce serait donc un marché de dupes, n'est-ce pas ?

— Madame, je jure devant Dieu de vous rendre votre enfant.

— Seriez-vous capable de rendre les morts à la vie, monsieur Poirot ?

— L'enfant est donc...

— Mort ? Oui.

Il s'avança et la prit par les poignets.

— Madame, je... Moi qui vous parle, je renouvelle mon serment. *Je ramènerai le mort à la vie.*

Elle le regarda, comme fascinée.

— Vous ne me croyez pas ? reprit-il. Je vais vous prouver mes dires. Apportez-moi le portefeuille qu'ils m'ont pris.

Elle sortit de la pièce et revint avec l'objet demandé, sans relâcher un seul instant son étreinte sur le pistolet. Je sentis qu'Achille Poirot avait fort peu de chances de la bluffer. La comtesse Vera Rossakov n'était pas stupide.

— Ouvrez-le, madame. Le rabat du côté gauche... Très bien. Vous voyez cette photographie ? Prenez-la et examinez-la.

Intriguée, elle sortit le petit cliché. À peine l'avait-elle regardé qu'elle poussa un cri et se mit à vaciller, comme si elle allait tomber. Elle se jeta littéralement sur mon compagnon :

— Où ? Où est-il ? Dites-le-moi ! Où ?

— Rappelez-vous votre marché, madame.

— Oui, oui, je vous fais confiance. Vite, avant qu'ils ne reviennent !

Elle l'entraîna par la main hors de la salle, en courant et sans bruit. Je les suivis. Une fois dans la pièce voisine, elle nous aiguilla dans le tunnel par lequel nous étions venus ; nous atteignîmes bientôt un embranchement, où elle tourna à droite. Bien que le boyau ne cessât de se ramifier, elle nous guida sans faillir, sans paraître douter du chemin et à une allure de plus en plus rapide.

— Pourvu que nous ayons le temps ! haleta-t-elle. Nous devons sortir d'ici avant que tout explose.

Nous avancions toujours. Je compris que ce tunnel traversait la montagne de part en part et que nous finirions par déboucher sur l'autre versant, dans une autre vallée. La sueur ruisselait sur mon visage, mais je continuai à courir.

Enfin, loin devant, je vis la clarté du jour. De plus en plus proche. Je vis un enchevêtrement de buissons verts. Nous les écartâmes pour nous frayer un passage. Et nous nous retrouvâmes à l'air libre, dans la douce lueur rose pâle de l'aube.

Le cordon de police dont avait parlé Poirot était bel et bien une réalité : à l'instant où nous émergions du tunnel, trois hommes nous tombèrent dessus, pour nous relâcher aussitôt avec un cri de stupéfaction.

— Vite ! cria mon compagnon. Vite... il n'y a pas de temps à per...

Il ne devait jamais terminer sa phrase. Le sol trépida et trembla sous nos pieds, il y eut un formidable grondement et la montagne tout entière parut se soulever. Nous fûmes projetés tête la première dans les airs.

Lorsque je repris enfin connaissance, j'étais dans un lit inconnu, dans une chambre inconnue. Un homme se tenait assis près de la fenêtre. Il tourna la tête vers moi et vint se poster à mon chevet.

C'était Achille Poirot... À moins que... ?

La voix ironique que je connaissais bien dissipa tous les doutes que j'aurais pu avoir :

— Mais oui, mon ami, c'est moi. Frère Achille est

rentré chez lui... au pays des mythes. Achille, c'était moi. Il n'y a pas que le Numéro Quatre pour savoir faire la comédie. De la belladone autour des yeux, mes moustaches sacrifiées, et une véritable cicatrice que je me suis infligée très douloureusement voici deux mois — car je ne pouvais prendre le risque de présenter une fausse balafre au regard d'aigle du Numéro Quatre. La touche finale : votre conviction qu'Achille Poirot existait bel et bien ! C'est inestimable, l'aide que vous m'avez apportée ; la moitié du succès de l'entreprise vous revient ! Le point crucial était de leur faire croire que Hercule Poirot était en liberté et dirigeait les opérations. Tout le reste était vrai : l'anis pour suivre la piste, le cordon de police, etc.

— Mais pourquoi n'avez-vous pas *vraiment* envoyé quelqu'un d'autre à votre place ?

— En vous laissant courir le danger tout seul ? Vous avez là une belle opinion de moi ! De toute façon, j'ai toujours eu l'espoir de trouver une échappatoire grâce à la comtesse.

— Comment diable avez-vous réussi à la convaincre ? Cette histoire d'enfant mort... c'était un peu gros à lui faire avaler.

— La comtesse a beaucoup plus de perspicacité que vous, mon cher Hastings. Sur le moment, elle a été abusée par mon déguisement, mais elle l'a vite percé à jour. Quand elle a dit : « Vous êtes très fort, Achille Poirot », j'ai compris qu'elle avait deviné la vérité. C'était le moment ou jamais de jouer ma carte maîtresse.

— Votre promesse extravagante de ramener les morts à la vie ?

— Exactement... mais voyez-vous, l'enfant, je l'avais depuis le début.

— *Quoi ?*

— Mais oui ! Vous connaissez ma devise « Être

prêt ». Dès que j'ai découvert que la comtesse Rossakov avait partie liée avec les Quatre Grands, j'ai procédé à une enquête approfondie sur son passé. J'ai appris ainsi qu'elle avait eu un enfant qui, disait-on, avait été tué ; mais j'ai relevé dans cette histoire des contradictions qui m'ont conduit à me demander si, après tout, il n'était pas vivant. Finalement, j'ai réussi à retrouver les traces de ce garçonnet et, contre une forte somme, j'ai obtenu qu'il me soit confié. Le pauvre enfant était presque mort de faim. Je l'ai placé dans un endroit sûr, chez des gens pleins de bonté, et je l'ai photographié dans son nouveau cadre de vie. Ainsi, le moment venu, j'avais mon petit coup de théâtre tout prêt !

— Vous êtes formidable, Poirot. Absolument formidable !

— J'ai été heureux de le faire, par-dessus le marché. Car j'ai toujours eu beaucoup d'admiration pour la comtesse. J'aurais été navré si elle avait péri dans l'explosion.

— Je n'ai pas osé vous poser la question plus tôt... Qu'en est-il des Quatre Grands ?

— Tous les corps ont maintenant été retrouvés. Celui du Numéro Quatre était impossible à identifier : la tête réduite en bouillie. Je regrette... oui, je regrette un peu qu'il en soit ainsi. J'aurais aimé être *sûr*... mais ne pensons plus à cela. Voyez plutôt.

Il me tendit un journal. En première page, un entrefilet marqué d'un trait rouge annonçait le suicide de Li Chang Yen, le maître d'œuvre de la récente révolution qui avait échoué de façon si catastrophique.

— Mon grand adversaire, dit Poirot avec gravité. Le destin a voulu que, lui et moi, nous ne nous rencontrions pas en chair et en os. Quand il a reçu la nouvelle du désastre qui s'était passé ici, il a choisi la porte de sortie la plus simple. Un cerveau remarquable, mon ami, un cerveau remarquable. Tout de même, j'aurais bien voulu voir le visage du Numéro Quatre... Supposez que, finalement... mais non, je me fais des idées. Il est mort. Oui, mon ami : ensemble, nous avons affronté et défait les Quatre Grands ; maintenant, vous allez retrouver votre charmante épouse, et moi... moi, je vais prendre ma retraite. La grande affaire de ma vie est terminée. Après celle-ci, n'importe quelle autre me paraîtrait insipide. Non, je vais prendre ma retraite. J'irai peut-être planter des courges ! Je pourrais même me marier et m'installer !

Il rit de bon cœur à cette idée, mais non sans une pointe d'embarras. J'espère... Les hommes de petite taille sont toujours attirés par les grandes femmes extravagantes...

— Me marier et m'installer pour de bon, répéta-t-il. Qui sait ?

Liste alphabétique complète des

Romans d'Agatha Christie

(Masque et Club des Masques)

	Masque	Club des masques
A.B.C. contre Poirot	263	296
L'affaire Prothéro	114	36
A l'hôtel Bertram	951	104
Allô ! Hercule Poirot ?	1175	284
Associés contre le crime	1219	244
Le bal de la victoire	1655	561
Cartes sur table	275	364
Le chat et les pigeons	684	26
Le cheval à bascule	1509	514
Le cheval pâle	774	64
Christmas Pudding (Dans le Masque : Le retour d'Hercule Poirot)		42
Cinq heures vingt-cinq	190	168
Cinq petits cochons	346	66
Le club du mardi continue	938	48
Le couteau sur la nuque	197	135
Le crime de l'Orient-Express	169	337
Le crime du golf	118	265
Le crime est notre affaire	1221	288
La dernière énigme	1591	530
Destination inconnue	526	58
Dix brèves rencontres	1723	578
Dix petits nègres	299	402
Drame en trois actes	366	192
Les écuries d'Augias	913	72
Les enquêtes d'Hercule Poirot	1014	96
La fête du potiron	1151	174
Le flambeau	1882	584
Le flux et le reflux	385	235
L'heure zéro	349	439
L'homme au complet marron	69	124
Les indiscrétions d'Hercule Poirot	475	142
Je ne suis pas coupable	328	22
Jeux de glaces	442	78
La maison biscornue	394	16
La maison du péril	157	152
Le major parlait trop	889	108
Marple, Poirot, Pyne et les autres	1832	583
Meurtre au champagne	342	449
Le meurtre de Roger Ackroyd	1	415
Meurtre en Mésopotamie	283	28
Le miroir du mort (dans le Masque : Poirot résout trois énigmes)		94

	Masque	Club des masques
Le miroir se brisa	815	3
Miss Marple au club du mardi	937	46
Mon petit doigt m'a dit	1115	201
La mort dans les nuages	218	128
La mort n'est pas une fin	511	90
Mort sur le Nil	329	82
Mr Brown	100	68
Mr Parker Pyne	977	117
Mr Quinn en voyage	1051	144
Mrs Mac Ginty est morte	458	24
Le mystère de Listerdale	807	60
La mystérieuse affaire de Styles	106	100
Le mystérieux Mr Quinn	1045	138
N ou M?	353	32
Némésis	1249	253
Le Noël d'Hercule Poirot	334	308
La nuit qui ne finit pas	1094	161
Passager pour Francfort	1321	483
Les pendules	853	50
Pension Vanilos	555	62
La plume empoisonnée	371	34
Poirot joue le jeu	579	184
Poirot quitte la scène	1561	504
Poirot résout trois énigmes (Dans le Club : Le miroir du mort)	714	
Pourquoi pas Evans?	241	9
Les quatre	134	30
Rendez-vous à Bagdad	430	11
Rendez-vous avec la mort	420	52
Le retour d'Hercule Poirot (Dans le Club : Christmas Pudding)	745	
Le secret de Chimneys	126	218
Les sept cadrans	44	56
Témoin à charge	1084	210
Témoin indésirable	651	2
Témoin muet	377	54
Le train bleu	122	4
Le train de 16 h 50	628	44
Les travaux d'Hercule	912	70
Trois souris...	1786	582
La troisième fille	1000	112
Un cadavre dans la bibliothèque	337	38
Un deux trois	359	1
Une mémoire d'éléphant	1420	469
Un meurtre est-il facile?	564	13
Un meurtre sera commis le...	400	86
Une poignée de seigle	500	40
Le vallon	361	374
Les vacances d'Hercule Poirot	351	275

Les Reines du Crime

Nouvelles venues ou spécialistes incontestées, les grandes dames du roman policier dans leurs meilleures œuvres.

BLACKMON Anita
1912 On assassine au Richelieu
1956 On assassine au Mont-Lebeau

BRAND Christianna
1877 Narcose
1920 Vous perdez la tête

CANNAN Joanna
1820 Elle nous empoisonne

CHRISTIE Agatha
(86 titres parus, voir catalogue général)

CURTISS Ursula
1974 La guêpe

DISNEY Dorothy C.
1937 Carnaval

DISNEY D.C. & PERRY G.
1961 Des orchidées pour Jenny

EBERHARDT Mignon
1825 Ouragan

GOSLING Paula
1971 Trois petits singes et puis s'en vont
1999 L'arnaque n'est plus ce qu'elle était

HUGHES Dorothy B.
2043 Voyage sans fin
2070 La boule bleue *(déc. 91)*

KALLEN Lucille
1816 Greenfield connaît la musique
1836 Quand la souris n'est pas là...

LANGTON Jane
2037 Le poète meurt toujours deux fois

LEE Gypsy Rose
1893 Mort aux femmes nues
1918 Madame mère et le macchabée

LE FAUCONNIER Janine
1639 Le grain de sable
1915 Faculté de meurtres
(Prix du Festival de Cognac 1988)

LONG Manning
1831 On a tué mon amant
1844 L'ai-je bien descendue?
1988 Aucun délai

McCLOY Helen
1841 En scène pour la mort
1855 La vérité qui tue
2067 La vierge au sac d'or *(déc. 91)*

McGERR Pat
1903 Ta tante a tué

McMULLEN Mary
1921 Un corps étranger

MILLAR Margaret
723 Son dernier rôle
1845 La femme de sa mort
1896 Un air qui tue
1909 Mortellement vôtre
1928 Le Territoire des monstres
1982 Les murs écoutent
1994 Rendons le mal pour le mal
1996 Des yeux plein la tête
2010 Un doigt de folie

MOYES Patricia
1824 La dernière marche
1856 Qui a peur de Simon Warwick?
1865 La mort en six lettres
1914 Thé, cyanure et sympathie

NATSUKI Shizuko
1861 Meurtre au mont Fuji
1959 La promesse de l'ombre
(Prix du Roman d'Aventures 1989)
2039 Hara-Kiri, mon amour

NIELSEN Helen
1873 Pas de fleurs d'oranger

PARETSKY Sara
2050 Au point mort

RADLEY Sheila
1977 Trois témoins qui lui voulaient du bien
2058 A tous les coups l'on perd

RENDELL Ruth
1451 Qui a tué Charlie Hatton?
1501 Fantasmes
1521 Le pasteur détective
1532 L'Analphabète
1563 L'enveloppe mauve
1582 Ces choses-là ne se font pas
1616 Reviens-moi
1629 La banque ferme à midi
1640 Un amour importun
1649 Le lac des ténèbres
1688 Le maître de la lande
1718 La fille qui venait de loin
1747 La fièvre dans le sang
1773 Qui ne tuerait le mandarin?
1815 Morts croisées
1951 Une amie qui vous veut du bien
1965 La danse de Salomé
1978 La police conduit le deuil
1989 La maison de la mort
2000 Le jeune homme et la mort
2015 Meurtre indexé
2036 Les désarrois du Professeur Sanders

RICE Craig
1835 Maman déteste la police
1862 Justus, Malone & Co
1870 Malone et le cadavre en fuite
1881 Malone est à la noce
1899 Malone cherche le 114
1924 Malone quitte Chicago
1962 Malone met le nain au violon

RUTLEDGE Nancy
1830 La femme de César

SEELEY Mabel
1871 D'autres chats à fouetter
1885 Il siffle dans l'ombre

SIMPSON Dorothy
1852 Feu le mari de madame

THOMSON June
1781 L'ombre du traitre
1857 Finch se jette à l'eau
1886 Plus rude sera la chute
1900 Sous les ponts de Wynford
1948 Dans la plus stricte intimité
1995 Bouillon de minuit

YORKE Margaret
1958 Morte et pas fâchée de l'être

Les Maîtres du Roman Policier

Première des collections policières en France, Le Masque se devait de rééditer les écrivains qu'il a lancés et qui ont fait sa gloire.

ANDREOTA Paul
1935 La pieuvre
1975 Zigzags

BARDIN John F.
2025 Qui veut la peau de Philip Banter?

BAXT George
2049 Le meurtre d'Alfred Hitchcock

BERKELEY Anthony
1880 Une erreur judiciaire
1911 Le gibet imprévu
2008 Sans remords

BIGGERS Earl Derr
1730 Le perroquet chinois

BOILEAU Pierre
252 Le repos de Bacchus
(Prix du Roman d'Aventures 1938)
1938 La pierre qui tremble
1774 Six crimes sans assassin

BOILEAU-NARCEJAC
1748 L'ombre et la proie
1868 La poudrière
1889 La justice d'Arsène Lupin

BONETT J. & E.
1916 Mort d'un lion

BRUCE Leo
261 Trois détectives
1788 Sang-froid

CARR John Dickson
719 Passe-passe
1274 Impossible n'est pas anglais
1802 Le marié perd la tête
1843 Les yeux en bandoulière
1850 Satan vaut bien une messe
1863 La maison du bourreau
1876 La mort en pantalon rouge
1891 Le naufragé du Titanic
1906 Meurtre après la pluie
1910 La maison de la terreur
1926 Patrick Butler à la barre
1946 La police est invitée
1950 Mort dans l'ascenseur
1954 Les meurtres de Bowstring
1957 Le retour de Bencolin
1960 Le meurtre des mille et une nuits
1968 Eh bien, tuez maintenant!
1973 A réveiller les morts
1976 Arsenic et boutons de manchette
1979 Lune sombre
1986 La chambre ardente
1991 Hier, vous tuerez
2001 Capitaine Coupe-gorge
2005 Le mort frappe à la porte
2007 Il n'aurait pas tué patience
2012 Celuj qui murmure
2016 Le secret du gibet
2018 L'habit fait le moine
2024 Ils étaient quatre à table
2027 A la vie, à la mort
2033 Un coup sur la tabatière
2041 Les meurtres de la licorne
2045 Les démoniaques
2053 Le manoir de la mort
2056 Les neuf mauvaises réponses
(sept. 91)
2065 La mort sous un crâne

CRISPIN Edmund
1839 Un corbillard chasse l'autre
1935 Prélude et mort d'Isolde

DIDELOT Francis
1784 Le coq en pâte

DISNEY Doris Miles
1811 Imposture

DUCHATEAU A.P.
1984 La 139e victime
2020 Palmarès pour cinq crimes

ELLIN Stanley
1670 Le compagnon du fou
1682 La puce de Beidenbauer
1702 La douzième statue
1729 La dernière bouteille

FAIR A.A.
1745 Bousculez pas le magot
1751 Quitte ou double
1770 Des yeux de chouette
1905 Le doigt dans l'œil
1913 Les souris dansent
1941 L'heure hache
1990 Des perles aux corbeaux
2013 Une belle jambe
2028 Dans le bain
2062 Meurtre légal *(oct. 91)*

FAST Julius
1901 Crime en blanc

GARDNER Erle Stanley
1797 La femme au masque

GASPAR José da Natividade
457 Les corps sans âme
597 Congrès gastronomique

GERRARD Paul
1945 La chasse au dahu
1964 La javanaise
1985 Les incandescentes
2003 Le masque de verre
2019 La tournée du bourreau
2031 Le 36e dessous
2052 La porsche jaune
2066 Le pas des lanciers *(nov. 91)*

GOODIS David
1823 La police est accusée

GRAFTON C.W.
1927 Feu mon beau-frère

HALL G. Holliday
1892 L'homme de nulle part

HARDWICK M. ET M.
2068 La vie privée de Sherlock Holmes *(déc. 91)*

HEYER Georgette
297 Pourquoi tuer un maître d'hôtel?

HILL R.
2055 Un amour d'enfant *(Prix du Roman d'Aventures 1991)*
2064 De souceurs assassines *(nov. 91)*

IRISH William
1875 Divorce à l'américaine
1897 New York blues

JEFFERS H. Paul
1807 Irrégulier, mon cher Morgan

KAMINSKY Stuart
2011 Le flic qui venait du froid *(Prix du Roman d'Aventures 1990)*
2021 Quand Moscou fait la bombe
2042 Quand Moscou fait son cirque
2057 Qui a peur du grand méchant ours? *(sept. 91)*

KASSAK Fred
1932 On n'enterre pas le dimanche
1943 Nocturne pour assassin
1981 Une chaumière et un meurtre
2004 Plus amer que la mort
2022 Crêpe-Suzette
2054 Bonne vie et meurtres
2061 Voulez-vous tuer avec moi? *(oct. 91)*

KASTNER Erich
277 La miniature volée

LEBLANC Maurice
1808 Arsène Lupin, gentleman cambrioleur

LEBRUN Michel
1759 Plus mort que vif
1970 Un revolver, c'est comme un portefeuille
1993 Les ogres

LOVESEY Peter
1201 Le vingt-sixième round
1798 La course ou la vie
1803 Le bourreau prend la pose
1869 Bouchers, vandales et compagnie
1888 Ô, mes aïeux!
2014 Pour le meilleur et pour la mort
2026 Tourne et tais-toi
2046 Abracadavra

MILNE A.A.
1527 Le mystère de la maison rouge

NARCEJAC Thomas
355 La mort est du voyage *(Prix du Roman d'Aventures 1948)*
1939 Le mauvais cheval

PALMER Stuart
1783 Hollywood-sur-meurtre

QUENTIN Patrick
251 L'assassin est à bord
1860 Lettre exprès pour miss Grace
1947 La mort fait l'appel

SAYERS Dorothy L.
174 Lord Peter et l'autre
191 Lord Peter et le Bellona Club

SÉCHAN O. et MASLOWSKI I.
395 Vous qui n'avez jamais été tués *(Prix du Roman d'Aventures 1951)*

SINIAC Pierre
1949 Des amis dans la police
1983 Sombres soirées chez Mme Glauque
2023 Mystères en coup de vent
2071 Aime le Maudit *(déc. 91)*

STAGGE Jonathan
1789 Du sang sur les étoiles
1809 La mort et les chères petites
1818 Le taxi jaune
1833 Pas de pitié pour la divine Daphné

STEEMAN Stanislas-André
84 Six hommes morts (Le dernier des six) *(Prix du Roman d'Aventures 1931)*
95 La nuit du 12 au 13
101 Le mannequin assassiné
113 Un dans trois
284 L'assassin habite au 21
305 L'ennemi sans visage
388 Crimes à vendre
1772 Quai des Orfèvres (Légitime défense)
1854 Le trajet de la foudre
1864 Le condamné meurt à 5 heures
1902 Le démon de Sainte-Croix
1955 Madame la mort
1980 Dix-huit fantômes (Dortoir des grandes)
2006 La maison des veilles
2029 Feu lady Anne (L'adorable spectre)
2040 Haute Tension
2063 Impasse des boîteux *(nov. 91)*

STERLING Thomas
1992 Le tricheur de Venise

SYMONS Julian
2048 Un manuscrit en or massif

THOMAS Louis C.
1780 Poison d'avril
1969 La mort au cœur
2032 Les trente deniers
2051 Coup de sang

VERY Pierre
60 Le testament de Basil Crookes *(Prix du Roman d'Aventures 1930)*
1987 L'inconnue du terrain vague
2009 M. Marcel, des Pompes funèbres
2034 Le thé des vieilles dames
2038 M. Malbrough est mort
2069 Les veillées de la tour pointue *(déc. 91)*

WALSH Thomas
1872 Midi, gare centrale

WAUGH Hillary
1814 Cherchez l'homme
1840 On recherche...
1884 Carcasse

IMPRIMÉ EN FRANCE PAR BRODARD ET TAUPIN
Usine de La Flèche (Sarthe).
ISBN : 2 - 7024 - 2193 - 8
ISSN : 0768 - 1070

H 52/0389/8